U9903003

Nice
To
Meet You

12个我

@安定医院
郝医生
著

四川文艺出版社

我与12个我在这里相遇，
我们素未谋面，
却也似曾相识。

Hi,

Nice to meet you.

安定医院
郝医生
作品

目录 Contents

目录 Contents

目录 Contents

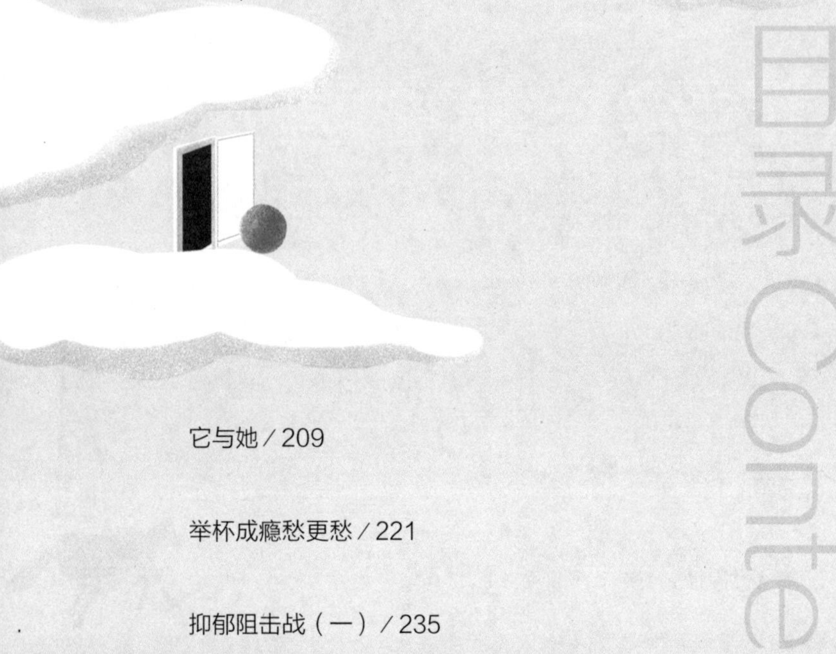

目录 Contents

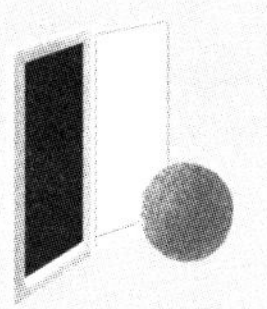

其实，我是一个演员

渐渐地，他急红了眼，转身抓住窗户框，

一条腿跨了出去，坐在窗户上。

“信不信我跳下去？”

“哥，这儿是一楼。”

1

第一天

“郝医生，郝医生，你不认识我了吗？”

“你……”

“我啊，205床，去年写诗的那个，还记得吗？”

“我……”

“我什么我，好好想想，记得吗？”

“想起来了，比去年精神多了。你不是出院了吗？”

“其实我没病，只是想在对的时间遇见对的人。”

“哦，对的时间是啥时候？”

“现在啊。”

“那对的人呢？”

“你啊。”

“再见。”

“别走啊，别老是躲我啊。”

“主要是到了午饭时间，去晚了酱肘子就没了。”

“哈哈哈，就知道您会这么说，看这是什么？”

他从身后提出一个打包袋，透过塑料袋能看出里面有一盒米饭和一盒酱肘子。

“给我的？”

“不给你那还能给谁？惊不惊喜？”

“哦哦，谢谢了，多少钱，我给你。”

“别谈钱，给钱就是瞧不起我。”

“那好吧，回头我也给你买。”

“不用你给我买，不过看在这盒饭的分上，我能不能提一个小小的要求？请您帮一个小忙。”

“你说吧，能帮的我尽力。”

“帮我看看这个……”

“诗？算了算了，我功力不够。”

“不是诗，是一本武功秘籍，你用你的功力看看吧。”

“啥武功秘籍？”

“就是关于我练武功，健身的武功秘籍。”

我接过单子，上面工整地写着几行字。

修身诀

两臂环抱交在胸，颈椎着力臂用功；
一日之计在于晨，闻鸡起舞轻如风。
摇动双臂膝用力，深吸慢吐一口气；
以武会友多请教，容颜永驻勤练习。

“说了半天，你这不还是诗吗？”

“它可能长得像一首诗，但是呢内容很珍贵，实用性非常强，动作很仙的。”

“仙啥仙，我每天早晨都在公园练，也没发现你这有啥厉害的。”

“你真小看我了，我跟你说，我12岁那年是少林寺的俗家弟子，是少林寺迄今为止唯一一个有头发的武僧，后来在少林寺内部比武大会上，我一个人单挑十八铜人，打得他们满地找牙，方丈恨不能把他们丢回炉里重铸。后来因为别人嫉妒我，我被挤对了，被安排去藏经楼扫地，你猜怎么着，我用一个月的时间熟读了里面的所有的武功秘籍，打通了任督二脉，领悟能力超强，但是我也不想去过那种打打杀杀的日子，我的志向是普度众生，于是我就还俗经商了。”

“看不出来，居然还是个扫地僧，失敬失敬。”

“不值一提。”

“行，秘籍我记下了，赶明儿我也练练。”

“别，我知道你也是练家子，你先给我改改吧。”

“我那是广场舞，和你这武不一样。”

“天下武功出广场，你就按照广场舞的套路来改吧，你改完我就走。”

“一言为定？”

“一言为定。”

“你这个《修身诀》太复杂了，应该简化一下，改成这样。

健康歌

左三圈，右三圈
脖子扭扭，屁股扭扭
早睡早起
咱们来做运动
抖抖手啊，抖抖脚啊
勤做深呼吸

学爷爷唱唱跳跳

我也不会老。”

“我觉得改成这样比较通俗易懂，完事儿，我可以走了吧。”

“等等，感觉好熟悉，我琢磨琢磨。”

“这个东西很难的，一般人跳不来，你回去慢慢练吧。”

“你忘了我打通了任督二脉了吗？我领悟力超强，跳完就走。”

“行，你跳吧。”

他卷起袖子，边念边跳，表情和动作都夸张至极，引来病友的围观后更加来劲了。

“好，你跳完了，我可以走了吧？大丈夫一言九鼎。”

“去你的吧。”

2

第二天

午饭时间，我穿着白大褂，戴着口罩，从右边的小侧门出来，往食堂走。

“郝医生？这么巧，你也在这儿。”

“你……”

“你什么你，还没吃饭吧。”

“我……”

“我什么我，今天的大盘鸡不错，你看，我都给你打包了，惊不惊喜？”

“不好意思，我肚子不太舒服，今天吃点素菜，我自己去打吧。”

“巧了，正好我这里有一份素菜，你看。”

他从袋子下面翻出一盒素菜，递给我。

“算了吧，我还是自己去打。”

“别，这菜丢了多可惜，你就收下吧。”

“那好吧，谢谢你了，多少钱，我给你。”

“给钱就是在侮辱我。”

“好，只要不是改诗我全听你的。”

“其实不是诗，我想给你讲讲我的致富经，听完你就可以走。”

“真的？”

“真的，不信你看看这个。”

我接过他递来的单子，上面工整地写着几行字。

我是一名装修工

入了装修这一行；装修技术我最棒；
客户把房交给我；焕然一新又漂亮。
吊顶布线和刷墙；工具飞驰于股掌；
一身尘土又怎样；装修技术我最强。

读完后我顺手把纸张塞到他手中，说：“这不还是诗吗？”

“我承认，它是长得像一首诗，但实际上不是，你看里面的内容，这分明是我的创业史。”

“创业史？”

“你可能不知道，正如我昨天所说，我还俗之后，开了一个装修公司。刚开始起步特别艰难，我和几个创始人从装修工做起，吃泡面睡天桥，最惨的时候，我们5个人10块钱用了一个礼拜。后来终于做出了成绩，我们的装修样板间被香港财团看中了，直接把中环的一处办公楼交给我们装修，那是我们的第一桶金，从那以后我们越做越大，美国、英国、澳大利亚都有我们的业务，最大的业务是装修迪拜塔，那塔太高了，我们的师傅在贴楼顶瓦片的时候差点因为缺氧掉下来。后来终于上市了，那时我身价80亿，后来因为不满意华尔街财团的收购方案，得罪了人，被整个美国金融界封杀了，我卖了股份还了债务，给工人发了安家费，留下几千万回来养老了。不瞒你说，我的员工在我家门口哭了三天三夜，说他们不要安家费，就要跟我继续干，可我知道我已经输不起了，就拒绝了他们。”

说到这里的时候，他的眼角流下了泪水，他掀起衣角擦拭着。

“你别哭，问心无愧就好。对了，我听完了，可以走了吗？”

“别，你不得给我改改，提点意见什么的吗？”

“不改不改，我得吃饭去了，一会儿酱肘子凉了。”

他拉着我的袖子，撒娇道：“郝医生，你就改一下嘛，你不改，我不放你走。”

周围过路的人冲我们投来好奇的眼神。

“好吧，我改。你这个诗，哦不，你这个创业史不够通俗化，字眼太繁杂了，不能让大家记住。”

“嗯嗯，那你说应该怎么改？”

“听好了。我觉得应该改成

我是一名粉刷匠

我是一名粉刷匠；
粉刷本领强；
我要把那小房子；
刷得变了样。
刷了房顶又刷墙；
刷子像飞一样；

哎呀我的小鼻子；
变呀变了样。”

“听着好耳熟。”
“你别管耳不耳熟，你就说，是不是通顺多了？”
“嗯，这么一念还真是通顺多了，哈哈哈，谢谢你郝医生。”
“我可以走了吧。”
“去你的吧。”

3

第三天
午饭时间，我换上老周的保安服，提着警棍，沿着花台走向食堂。
“郝医生，这么巧，又遇见你了。”
“你……”
“你什么你，这是嘎哈？玩Cosplay吗？”
“我……”
“我什么我，你到底要干啥？”
“这样你也认得出我？”
“咋认不出来，你这头秃顶秃得跟电灯泡似的，简直是夜空中最亮的星。”
“啥夜空，这大中午的，我要去吃饭呢。”
“哦哦，你看，食堂里的菜我各打包了一份，要吃什么你自己选吧。”
“不好意思，今天我不想吃食堂菜，我要去小卖部买泡面去。”
“泡面？这不巧了嘛，我刚好买了泡面，还有火腿肠和榨菜，就问你惊不惊喜？”

“——惊——喜，说吧，今天改什么诗？”

“瞧你这话说的，我找你除了改诗就没别的事情啦？”

“哦？那太谢谢你了，还有别的什么事？”

“我想想，哦！想起来了，我这儿有一份回乡见闻，你看看呗。”

“不会又是诗吧。”

“怎么可能，是回乡见闻，不信你看。”

我接过单子，上面工整地写着几行字。

常归家

回家心切孝子当，扫地做饭里外忙；

都说养儿为防老，只盼儿归老泪黄。

“得嘞，不出我所料，还是诗，不过呢，写得还不错。”

“您真有眼光，这首《常归家》是我的巅峰之作，它的背后有着一个不为人所知的故事，你一定想知道吧！”

“不想。”

“很有意思的哟。”

“嗯，不想。”

“算了，我还是告诉你吧。正如我昨天所说，那年我回到了故乡却心有不甘，于是我开始了第二次创业，办了一个互联网科技公司，5个人运营了300个微信公众号，150个微博号。公司发展如日中天，当时有一个竞争对手，和我抢一个5000万的广告项目，这个项目决定了今后谁是市场上的领头羊。我推翻了所有创意，自己亲自做方案，整个方案可以说无懈可击，这个过程极其漫长和艰难。就在评标那天，我凭借着自己的创意和送给甲方负责人的一套别墅，一举拿下了这个项目。最后终于成为行业领头羊，对方公司也在我的围追堵截之下倒闭了。最后我将公司和存款全部捐了，因为我发现，生活对我来说就像演戏，每个演员每个角色都很虚伪，我要去寻找自己想要的。”

“这和归家有啥关系？”

“我让他们的员工都卷铺盖走人了，不就是帮他们回家吗？感谢这个灵感，让我能创作出《常归家》这么好的诗。”

“嗯嗯，挺好的，不需要改了吧。”

“要要要，切克闹。”

“你别闹。”

“我一直觉得可能是我的角度站得太高了，我希望你站在普通人的视角改改。”

“我觉得你说得对，不过改完能走不？”

“必须能。”

“好吧，我建议这样改：

常回家看看

常回家看看回家看看
哪怕给妈妈刷刷筷子洗洗碗
老人不图儿女为家做多大贡献
一辈子不容易就图个团团圆圆

“这样就是普通人的视角，也比较朗朗上口，你觉得怎么样？”

“不错，挺好的，郝医生你改得几乎都可以与我的原作相媲美了。”

“我可以走了吗？”

“去你的吧。”

4

第四天

午饭时间，我换上便装，坐上正要出勤的急救车，准备搭个顺风车出去吃饭。

车出大门开了几百米，拐角有一家餐厅，便下车走了进去，心想终于可以安心吃个饭了。

“郝医生，这么巧吗？”

“你……”

“你什么你，我今天请假，出来办点事儿，你看这是‘外出请假申请单’，这儿都能遇见，就说惊不惊喜？”

“我……”

“我什么我，我知道你今天想换换口味。这样吧，之前我给你买了午饭，今天我跟你拼个桌，就当你回请了，咱们两不相欠，怎么样？”

“我打包带走。”

“没事儿，我事情已经办完了，可以回去一起吃。”

“……”

我拿着打包的午餐，和他缓步往医院走着，一路胆战心惊，终于，该来的还是来了。

“郝医生，我这有一个散文，你看看吧。”

“散文我看不懂，还是把诗拿给我看吧。”

“哦不，它只是长得像散文，其实是诗，不信你看。”

我接过单子，上面工整地写着几行字。

觅知己

寻寻觅觅盼挚友，历尽艰辛牵你手；

三拜两叩行大礼，义结金兰一起走。

“这诗不错，是真不错，我是改不了，境界太高了。”

“别价，每次你一改，我的诗都会朗朗上口，这次你就费费心，改一下吧。”

“我回去吃饭呢，算了吧。”

“改完就走，改完就走，这首诗对我很重要，是我写给我的好朋友的。”

“谁？”

“你。”

“我？”

“对。”

“怎么是我呢？”

“正如我昨天所说，我把公司和存款全部捐了，其实是为了寻找真正的友谊。而你，郝医生，你出现了，我俩虽然见面的时间不多，但是志同道合，只有你能读懂我的诗，这首诗就是写给你的。每次看到你，我都能想起莎士比亚的经典剧目《麦克白》，里面有一句台词我印象特别深刻，我给你学学。”

他整理了一下着装，清了清嗓子。

“人生不过是一个行走的影子，一个在舞台上指手画脚的笨拙的伶人，登场片刻，便在无声无息中悄然退下；它是一个愚人所讲的故事，充满着喧哗和骚动，却找不到一点意义。”

表演完毕，他沉默地低下了头，可能是在酝酿情绪，看他挺安静的，我就转身准备走。

“你别走，我还在想台词呢。”

“好，你想好了再来找我吧。”

“那诗你给我改改吧。”

“你得保证这是最后一次，以后都别再跟着我了。”

“好好，我保证。”

“你这首诗没有画面感，衔接得不是特别好，我觉得应该这么改：

找朋友

找啊找啊找朋友
找到一个好朋友
敬个礼握握手
你是我的好朋友

“这样就有画面感了。”

“您真行，确实不一样了。”

“那我可以走了吗？”

“去你的吧。”

5

第五天

午饭时间，我索性不吃饭了，就在办公室待着，突然有人推门而入。

“郝医生，我就知道你在这里。”

“你……”

“你什么你，我给你带了饭。”

“我……”

“我什么我，不吃饭也不是个事儿，身体要紧，你就说，看到我惊不惊喜？”

“我就说一遍：今，天，我，不，改，诗。”

我语气坚定，憋了这么几天，我实在忍不住了。

这话说了后，我俩看着对方，僵持了近一分钟没人说话。渐渐地，他急红了眼，转身抓住窗户框，一条腿跨了出去，整个人坐在窗户上。

“你别激动，有什么话好好说。”

“信不信我跳下去？”

“你先下来。”

“我什么大场面没见过，头掉了也就碗口大一疤，今天我非死给你看。”

就在这时，老周背着手站在窗户外，望着我俩，说道：

“哥，这儿是一楼。”

场面一度非常尴尬，他自知自杀威胁不成，便对我指手画脚，痛斥辱骂。我也没吱声，等保安和医护来之后把他带走了。

老周：“他啥情况？”

“别的情况不清楚，但肯定有表演型人格障碍，又称寻求注意型人格障碍，或者癔症型人格障碍。”

“啥意思？”

“此型人格障碍以人格的过分感情化，以夸张言行吸引注意力及人格不成熟为主要特征。女性患者较多见，患病率为2.1%～3%，男性很少，他算一个。年龄多在27岁以下，主要表现为：高度的暗示性和幻想性。”

“这类人总把想象当成现实，当缺乏足够的现实刺激时，便利用幻想激发内心的情绪体验；情绪带有戏剧化色彩，常常表现出过分做作和夸张的行为，甚至装腔作势，以引人注意；感情用事，高度的自我中心，这类人情感丰富，热情有余，而稳定不足；对于轻微的刺激，可有情绪激动的反应，甚至用自杀相威胁。”

“他去年好像来过。”

“是的，205床。”

6

第六天

午饭时间，老周一路小跑过来找我。

“告诉你一个好消息。”

“啥消息？”

“205床转院了，家属上午办的手续，已经走了。”

“真的啊？”

“骗你干吗。走，吃饭去吧。”

我和老周一路小跑，直奔食堂。到食堂后，我选了最喜欢吃的糖醋排骨、酱大骨和白灼菜心，准备大快朵颐，面前突然站了一个人。

“您好，您是郝医生吧，我是今天刚入院的205床。”

“是我，有什么事儿吗？”

“我这儿有一本诗集，麻烦帮我修改一下。”

说完，他将一本足足10厘米厚的大册子放到我面前，直愣愣地盯着我。

这时李护士走过来，笑着对我说：“老郝，下周咱们院举办诗歌大赛，院长点名要你参加，还说只要你参加，冠军就是你，加油哦！”

坐我对面的老陈抬起头，放下筷子对我说道：“老郝，黄老太的老年大学开了一个诗歌班，大家都推荐你去当老师呢，周日上午9点开课，别忘了哦。”

我愣了一分钟，大喊：“救命啊！”

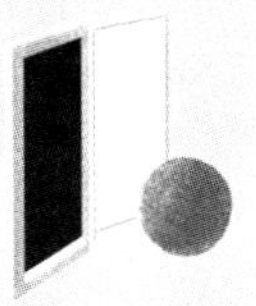

老司机带带我

“解决路怒有没有什么简单易行的办法？”

“坐公交车呗，不开车就没有路怒了。”

“公交车和我的气质明显不符。”

“那坐地铁吧，好几个亿呢，正好彰显你的贵族气质。”

1

结束了下午的院内活动后，大家都在休息，享受着片刻难得的清闲，和往常一样，李护士在自拍，包护士在吃零食，老陈在偷瞄李护士，老周在偷吃包护士的零食。

李护士在补妆后发了一条朋友圈：“减肥第一天，拒绝饭局，从我做起。”并附上右手捂脸，偏头微笑的自拍照，老陈立马上前评论：“怎么了？牙疼吗？”

李护士回复老陈：“啊呸。”

包护士评论：“我连续一周没吃晚饭了，一起加油，一起减肥，笔芯！”

老周回复包护士：“可你下午吃了三块沙琪玛，一瓶酸奶，两只鸡翅，半包薯片，另外半包被我吃了，别谢我，我是雷锋。”

我评论道：“小郝我新书热卖，今晚请客吃烤鸭，有一起的吗？”

老周回复：“老郝去哪儿我去哪儿。”

老陈回复：“老周去哪儿我去哪儿。”

包护士回复：“老陈去哪儿我去哪儿。”

李护士回复：“包护士去哪儿我去哪儿。”

十分钟后，李护士发了一条朋友圈："明天开始减肥，拒绝饭局，从我做起。"

2

在看完几个病人的量表分析后，差不多到了下班时间。我正在收拾东西，老周走过来对我说："老郝，走呗，咱哥俩一辆车去烤鸭店。"

"别，我跟老陈一起去，听说他换了新车，我得去沾沾喜气。"

"哥，老陈和李护士他们几个早走了，院长也和他们在一起，就剩我俩了。"

"你的驾驶技术全院谁不知道，为什么要坐你的车，活着不好吗？"

老周一听脸都绿了，拿出车钥匙和驾照，对我说："我可是老司机。"

"你是老司机仅限于和老太太聊天的时候，真正的车还是算了吧，我怕晚节不保。"

"啥？"

"哦不，性命不保。"

"这时间可是下班高峰，你打不到车的，就信我一次，跟我走吧。"

话都说到这个份上，权衡再三，也只有从了老周。

我和老周上了车，还没把车开出停车场，就看到出口处排着长队，像富士康的流水线一样。等得久了，老周有点不耐烦了，嘴里自言自语地念叨着："真他娘的磨叽。"

此时在出口处上坡路面上，突然有一辆红色轿车熄火了，再次发动之后顿了一下，又熄火了，就这样连续熄火了三次，后面的车开始按喇叭，老周更是急得探出头骂了起来："会不会开车？堵在那儿干吗？找抽？再熄火把你打回驾校！”

对方摇下车窗，是个女司机，面容姣好，对后面的司机抱歉地说道：“不好意思，各位师傅，新手上路，多多关照。”

老周一看是美女，立马开门下车指挥，边比画边对她说道：“没事儿，你注意着点离合，慢点给油，诶对了对了，注意打方向，继续走，小心左边有墩子，过了过了，诶对了，挺好，挺好。”

完事儿老周上了车，美滋滋地系好安全带，我实在受不了他的嘴脸，说道：“你这老脸还要不要？”

老周一本正经地说：“咋啦？我帮助新手也有错？这叫乐于助人。”

“那如果堵在那里的是我呢？你还会乐于助人吗？”

“我会乐于助人，可你不是人。”

“你大爷！”

3

要说老周的车技，大家一直有一句话来形容他，那就是“世界上本没有路，老周车开得多了，便有了路。”他常以秋名山车神自居，还套改了周杰伦《头文字D》里的插曲《飘移》，自费去录音棚录了歌，高潮部分大致如下：

都别想挡我路；
打是我态度；
来领教我愤怒；
这是王的国度。

摁喇叭才舒服；
骂到你想哭；
谁超过我速度；
车就是你的坟墓。

你还真别说，这歌唱出来还挺带感，上路没多久，就到了拥堵路段，毕竟这个点是下班高峰。电瓶车从各车之间的空隙里一溜烟儿飞走了，我们还是一步一步地往前挪，此时我眼神在众车之间飘着。

右前方的出租司机翻着手机，像是在看电子书，饱含老司机的沉着与淡定；右后方的年轻美女司机，妆容精致、发型利落，此刻正拿着口红补妆；左前方车的司机是个年轻父亲，正扭头逗儿童安全椅上的孩子，脸上洋溢着幸福的微笑；左后方的女司机正在听着歌，双手在方向盘上打着节奏，纤纤细手像两条随风摇曳的柳枝。

而我旁边这位，青筋暴涨，面红耳赤，如坐针毡，即便在车子原地不动的情况下，也保持了作为车神漂移时应有的紧张和焦虑，以及对对手的不屑一顾。

“老周，你开个车至于摆着苦瓜脸吗？”

“啊？我有吗？”

“有。”

“哎，是前头这车太怄人了！看着我就来气！每次别的车开始走的时候，他都要晚一会儿，非赖着不走，干吗呢这是？等着意中人身披金甲圣衣，脚踏七色云彩娶你吗？”

“可能是新司机，咱们不也在动吗？”

“一看就是四肢不协调，躯体反应跟不上大脑信号，不会开就别在这碍事。开个车跟生孩子似的，这种生法，多半难产。”

老周气得脸红脖子粗，嘴里不停抱怨着，而前边那辆反应稍稍迟钝的黑色商务车犹如成精的蜗牛，继续优哉游哉地前进着。

“前面那辆商务车是不是傻？右边有空隙也不插上去。”

“这么堵，变个道也没啥意义吧。”

“前进一个车身呢，这帮傻缺，真想揍他。”

“那你去呗。”

“呵呵，你以为我不敢？我是为了赶时间，害怕傻缺的人才是最傻缺的。”

老周一把方向盘，准备变到右侧的车道上去。万万没想到，前面那辆商务车也打了右转灯。老周一拍方向盘，猛按喇叭，大骂道：“有病吧，专门来挤我是吧，看我怎么挤死你。”

又堵了将近5分钟，右前方再次出现空隙，老周见缝插针，敏捷地转动方向盘，准备强行变道过去，与此同时，右边车道的一辆白色现代以迅雷不及掩耳之势卡了上来，车距控制得刚刚好，老周再次与变道失之交臂。

“你会不会开车？让一下会死吗？”老周边摁喇叭边朝着现代车主大声骂道，那气势恨不能把别人车窗给砸了。

现代车的车窗被缓缓摇下，一个浑身文身，附带东北口音的小伙子指着老周问道：“你说啥？”

老周见势不妙，便指着我说：“你别骂人，开个车而已，激动什么，骂人是不对的知道不？”

我也是醉了，立马给对方赔不是。老周怒火中烧，双手死死地握着方向盘，掐死对方的心都有。

“就堵个车而已，瞧你那样。幸亏我在，不然碰上个暴脾气，叫你吃不了兜着走。”

“要不是赶着吃饭，我非下去抽他俩大嘴巴子！”

“就你？还没近身就被KO了吧。”

“诶？郝秃子，你说什么呢，我可是习武中人，取汝狗头犹如探囊取物。”

“你说的是广场舞的舞吧。”

“广场舞也是武，老虎不发威你当我是Hello Kitty啊！”

老周絮絮叨叨了一路。终于过了最堵的一段路，他一踩油门来了个急右转，变道到了右边车道，吓得白色现代车直摁喇叭，一阵痛骂。紧接着再一个急左转变道，插到商务车前面，吓得商务车踩了一个急刹车，老周嘴里却哼着周杰伦的歌：“得漂得漂得咿的漂……”

“你非要并过来干啥？”

“我不能白白受气，非得教训一下这帮孙子。”

“本来就堵，你教训他们车也快不了，你就说你这么做是为了什么吧？”

“为了部落。”

这时，老周的车速明显减慢了很多，慢悠悠地靠到了红绿灯路口，车却停了下来。

“老周你停下来干吗？”

“等红灯。”

“这不是绿灯吗？”

“对对对，绿灯行，红灯停。”

他在绿灯快要变红的最后一秒，突然加速开走了，后面的黑色大众车正好被卡在了后面。

4

“老周，你这样开车可不好，你这不只容易遭骂，搞不好还会遭打。你遭打没事，别带上我垫背啊。”

“我这是惩恶扬善，为社会献身，你懂不懂。”

“跟你说正经的，你得重视你这开车状态，是病态心理。”

“啥？我可是老司机，咋就有毛病了？”

“你这叫路怒症。”

“路怒症？我怎么没听说过。”

“路怒症是国外心理学上的一种叫法。就是开车时交通压力和行车挫折所导致的愤怒情绪，高端点说就是Road rage。”

老周看出来我没和他开玩笑，又不好意思追问，就假装漫不经心地提道：“好像有点意思，再说说呗？”

“这个说法源于1987年至1988年的美国，当时洛杉矶公路上发生了多起因‘路怒’引发的枪击事件。由于近些年国内交通压力不断加大，司机情绪失控现象的增加，路怒症的说法才出现在大家视野内。有些司机在路怒症发作的时候经常会口出威胁、动粗甚至毁损他人财物，出现攻击性驾驶，如胡乱变线、强行超车、闯黄灯、骂粗口……并且不是每个那么做的人都明白自己这是一个病态心理，就像你。”

“开车的时候变线、超车甚至骂两句很正常啊，火车司机看到卧轨的人还踩个急刹呢，有必要小题大做吗？”

“那些都是正常的反应，关键是这个路怒的度。”

“那你怎么就判定我是路怒症了？”

“你听一下这个症状看符合不符合？”

“你说。”

“路怒症几个最典型的症状就是跟车近、容易急刹车；强行切入别人的车道、故意拦挡别人进入自己的车道；过分鸣喇叭或打闪灯；甚至在高速公路的中间隔离带上飙车吓唬别人。还有骂人、吐口水、向别的车丢东西、下车挑衅别的司机这些幼稚的行为。”

听完我的话，老周欲言又止，于是我继续说道。

“再给你说，学界把‘路怒症’归类为阵发型暴怒障碍，指多重的怒火爆发出来。一旦你因为路况而发怒，工作、生活压力及个人性格等潜在原因也会发挥作用，致使很多其他不良情绪都被引发出来，然后你就愈发生气。怎么样，被我说中了吗？”

“道理我都懂，可是这种路况，谁不心烦意乱？再遇到几个不会开车的傻子，骂几句都算轻的了。”

说完这句，老周扭头哼了一声，还白了我一眼。估计是戳到痛处了，我便乘胜追击，继续说道。

“那别人在遇到交通堵塞时都还能创造出‘堵车文化’呢，归根结底，这还是个认知问题，是一种心理障碍。纠正认知，这种症状就会缓解很多。我可以帮你，不过今晚这饭你请。”

“没门儿！”

“那你就在路怒症的油锅里被炸得外酥里嫩吧。”

“好我请！”

我清了清嗓子，继续说道。

“其实路怒症是一种可重可轻的心理障碍，通过自身调节会改善很多。最重要的就是要避免不良情绪的干扰：上车前，调整一下情绪，给自己减减压。尤其在天气燥热的时节，你可以适当在车上备些含维生素B的饮料或喝点柠檬汁来调节情绪。在行车过程中，保持车内适宜的温度，播放一些平缓的音乐都有助于放松心情。还可以放一些家人的照片在车里面，看着心里踏实。

“另外，开车上路时，应该注意道路上的包容，礼让驾车。其实在路上和别人争吵，不仅不能有效解决问题，还会让双方的不好情绪加深。如果真的遇到一些需要交涉的问题，这时候冷静处理，反而更有利于事情的解决。”

听完我的话，老周若有所思，然后问道：“你说的这些都太长了，有没有什么简单易行的办法？”

“有啊。”

“快说是什么？”

“坐公交车呗，不开车就没有路怒了。”

“我好歹也是有身份的人，公交车和我的气质明显不符。”

“那坐地铁吧，好几个亿呢，正好彰显你的贵族气质。”

“滚！”

5

终于到了吃饭的地方，老周停好车，我正准备给老陈打电话，迎面开来了之前那辆黑色商务车。

“老郝，这不是刚才不让我变道那辆车吗？真是巧。我倒要看看是谁这么脑残。”老周径直朝商务车走去。

刚到门口，车门打开了，迎面走出来院长、主任、李护士、包护士、卢保安，老陈从驾驶室走下来。

老周一愣，一下换了一副面孔，上前打招呼微笑道：“院长，到了啊，我们也刚到。”

院长边整理衣服边说：“是，落后你一个红灯。”

老周自知理亏，没敢接话，转身对老陈说：“老陈，这就是你换的新车？看起来不错啊。”

老陈拍着老周的肩膀，叹了口气说：“嗯，今天第一天上路，差点让你给我换一辆。”

说完，大家纷纷走进餐厅。

老周拉着我，说：“你是不是知道这是老陈的新车？”

“知道。”

“你是不是知道里面坐着院长和主任？”

“知道。”

“那你为什么不告诉我？”

“你自己说的，害怕傻缺的人才是最傻缺的，我要是给你说了里面是院长，你不成傻缺了吗？”

说完这句，我也径直向餐厅走去，老周一人在原地思索着，久久才冒出一句。

“你才傻缺！”

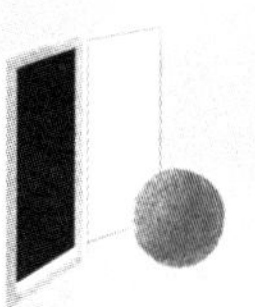

煤老板被绑记

“你有病是吧？”

“对，我有病，8864。”

“还真有？什么病啊？学渣综合征吗？”

“8864。”

1

“老郝，老郝，醒醒，老郝。”

老周用肩膀顶着我，我只觉得脑袋特别沉，缓缓睁开双眼，眼前的一切让我惊呆了。

我、老周、小张，三人身处一个废弃的厂房里，周围都是一些废弃的机械设备，天花板上挂满了蜘蛛网，我们三人背靠背，被绑在一根柱子上，嘴上都贴了黄色的胶带，我想要说话，却张不开嘴，只能从鼻孔里发出“唔唔唔”的声音。

小张也醒了，见到四周的境况后，边“唔唔唔”叫着，边不停地挣脱手上的绳子。

老周：“别叫了，没人，省点力气想办法逃出去吧。”

老周居然可以说话，明明他的嘴上也有胶带！

小张对着他：“唔唔唔。”

老周：“我知道你要说什么，我睡觉有流口水的习惯，这个胶带沾了口水贴不牢，有空隙，所以我才能说话。”

小张愣了一下，继续“唔唔唔”。

“我知道你要说什么，我也不知道谁绑了我们，我醒来的时候这里就没别人。”

小张和我一起挣脱不开手上的绳子，发出“唔唔唔”的声音。

老周：“我知道你们在说什么，你们在夸我能洞察人心，不单情商高，智商也高……”

都到了生死攸关的时刻了，老周还惦记着夸自己，真是够了。

我没工夫听他在那里自嗨，用肩膀顶他，他回过头，我先看了眼他的嘴，又往下瞄了眼我的嘴。

“我知道你要说什么，你的意思是，我用嘴咬掉你的胶带。行，你别动，我试试。”

老周把脸凑过来，先是靠在我肩膀上，把他嘴上的胶带蹭刮开，再抬头对着我，准备咬掉我嘴上的胶带。

“哟，够浪漫啊，都这份儿上了还不忘缠绵一下。”突然传来的声音打破了宁静，只见门口站着一个清瘦的人，个子不高，穿着黑白花纹的短衬衣和破洞牛仔裤，头发卷而凌乱，手里提着个袋子。

2

老周立马把头转过去，低着头不说话。那人缓缓走过来，蹲在老周面前，从兜里掏出一把刀柄，一摁弹簧，只听见“啪”一声，弹出一把明晃晃的匕首。

我们都下意识地往后躲了一下，不敢吱声。匕首缓缓伸向老周的脖子，老周流着豆点大的汗珠，并“唔唔唔”地叫着。

“别装了，你嘴上的胶带根本没贴牢，你刚才说的话我在外面听得一清二楚。”

老周定睛一看，说：“你不是坐我们顺风车的那个人吗？”

“没错，是我，大丈夫行不更名坐不改姓，鄙人格瓦拉。”

“是你绑的我？你想干什么？”

“你不是能洞察人心，情商高，智商高吗？那你说说我在想什么？猜对了，我就放了你。”

老周犹豫了一下，说道：“你在想，杀了我。”

那人一听答案，斜着眼看着窗子，似乎在思考答案。老周扬扬得意地解释道：“如果你想杀我，说明我答对了，你就应该放了我。如果你不想杀我，那还绑我干什么，也应该把我放了。”老周扬扬得意地笑着说。

格瓦拉想了想，说：“我本来就没想杀你，我只谋财，不害命。”

“那就把我们放了啊。”

“我不杀你不代表我要放了你，你好好审审题，我再说一遍，我只谋财，不害命，这智商还当老板的司机，说你是花瓶吧也不合适，你这长相最多是陶罐，老板是怎么看上你的？”

“什么司机？说谁陶罐呢？”

没等老周把话说完，那人扯出一块胶带，死死地贴住了老周的嘴，老周这次真的“唔唔唔”了。

他挪步到我面前，打量一番之后，嘴里发出先是“啧啧啧”的声音后，说道：“郝有钱啊郝有钱，终于让我找到你了，找你找得好辛苦啊。”

然后指着老周说：“我这个人不歧视同性恋，但你的品味能不能对得起你卡里的钱，至少对得起你那些掉了的头发吧，这么丑的对象，咋想的？有钱人都这么任性吗？啧啧啧。”

老周和我急红了眼，异口同声地“唔唔唔”起来。

他见我貌似真有话说，便扯掉我嘴上的胶带，说道：“说吧。”

我仿佛重生一般，恳切地说道：“算我求你了，能不能帮我把脸上的口水擦掉，太恶心了。”

“你俩不是好基友吗？咋还嫌弃上了。”

“刚才他是要把我的胶带咬开，你想多了。”

“哦哦，这么说来，还真挺恶心的。”

格瓦拉掏出一张纸，给我擦了脸上的口水，老周气得直跺脚蹬地。

“你为什么绑架我们？”

“为了钱呗，难道劫色啊？”

“我是医生，他是保安，这个小伙子是新来的患者，你应该是认错人了。”

“什么？你不是山西的煤老板郝有钱吗？”

“不是。”

“这小子不是你儿子？”

“不是。”

“这老头不是你司机？”

“这个，可以是。”

老周：“唔唔唔唔唔唔——”

“那你们在一起干吗？”

“我和老周出去吃饭，车是老周的，这个小伙子今天入院，顺便带他买一些生活用品。”

“你就是郝有钱，别想骗我。”

我活动了一下脖子，继续说：“我真不是，我压根儿不认识郝有钱这个人。你要绑架的人是煤老板郝有钱，和我们都没关系，就把我们放了吧，我保证不报警，大家不打不相识……”

“你当我傻啊，看到没，我这儿有照片。”

说完，格瓦拉拿出一张打印纸放在我面前，上面是交友网站的个人信息截图，信息显示：郝有钱，煤矿主，交友条件是女方25岁左右，肤白貌美，无婚恋史，照片是我。

“这照片是你吧，还想抵赖。”

“是挺像我的，但是……”

“但是什么，我都搞不懂你了，你到底喜欢男的还是女的？喜欢男的吧，又在网上相亲找小姑娘；喜欢女的吧，又和你的老司机卿卿我我，关键是还有这么大一儿子，你们有钱人的性取向就这么模糊吗？私生活也太混乱了吧。”

“照片是和我很像，但不是我，而且他也不是我司机，我俩是同事。”

“你看，刚刚还承认他是你司机，现在又说不是，自己撒的谎自己都忘了吧。”

“刚刚是我开玩笑的，我们真的是同志关系。”

话音刚落，他拿胶带再次封住了我的嘴。

“闭嘴吧，我知道你们是同志。”

格瓦拉挪步到小张面前蹲下：“你爸爸喜欢他的司机，你妈知道吗？”说完便一把扯开小张脸上的胶带。

“8864、8864、8864、8864……”小张满脸慌张，嘴里不停地重复着“8864”。

“啥？”

“8864、8864、8864、8864……”

“你有病吧？耍我？”他再次亮出匕首，比在小张的脖子上。小张见状大汗直冒，念得更急促了。

小张继续念了一会儿，待情绪缓和之后说道：“对，我有病，8864。”

“还真有？什么病啊？学渣综合征吗？”

“我有强迫症，8864。”

“骗我是吧，强迫症根本就不是病，都是矫情，作出来的。”

“他不是我爸爸，他头发那么少，我头发这么多，你觉得合理吗？8864。”

“这么说来，还是有点道理。”

“他是精神科医生，我这次找他就是为了治病的，8864。”

“我才不信呢，他就是郝有钱，我有照片。”

“你把他们的嘴上的胶带都扯开，对质一下不就知道了？三个人一起撒谎很容易就看出来了。”

格瓦拉想了想，说道：“好吧，这里荒郊野岭的，你们也叫不来人。”便扯开了老周和我嘴上的胶带。

3

老周急不可耐地说道：“小张，你之前封住嘴一直说的是8864？”

小张：“是啊，8864，8864。”

老周：“不是在夸我？”

我：“咋滴？你还真以为你能洞察人心，情商高，智商高？你血压高倒是真的。”

老周：“郝文才，你好意思说，你自己开车不就完了吗？非要我开，人家把我当司机才绑架的我们，自己开不就没这么多事了吗？”

我：“是你要我和小张聊病情，你来开车的。钥匙也是你抢过去的，这能怪我？再说了，绑架不绑架，不是由谁当司机决定的，而是由谁长得像煤老板决定的。”

老周：“你长得像煤老板还高兴了是吧，绑架还能绑出优越感？”

我：“人家说了，你是司机，我是老板，我有什么办法。小张，你说是不是这个道理。”

小张：“8864。”

老周："啥啊，你就8864，我们都被绑架了，你能不能别研究数学了。"

小张："嗯，8864。"

我："人家那是强迫症，不懂别瞎凑热闹。"

老周："别以为我不懂，强迫症都是洗手，哪有数数的。"

我："有啊，怎么没有。"

我俩在那里你一言我一语，喋喋不休，争论个没完没了之时，格瓦拉实在看不下去了，怒吼道："你们够了。"

小张："他不是我爸，我没有脱发，他也没有强迫症，关键是，你看不出我俩长得完全不像吗？我没有爸爸。"

格瓦拉："等等，你说你没爸爸，你是孙悟空啊？石头里蹦出来的？"

小张："我爸爸在监狱里。"

格瓦拉："监狱里怎么了？我刚从里面出来，不许歧视监狱里的人。"

小张："监狱里有没有好人我不知道，但我爸爸肯定不是好人。"

格瓦拉拉过一条凳子来，坐下说道："我蹲过的号子比你走过的路还要多，啥坏人没见过，倒要听听，你爸爸是怎么个坏法。"

小张犹豫了一下，默念了几遍8864，缓口气说道：

"我爸爸是建筑公司的老板，从小对我很严格，我特别怕他。他每天都是早出晚归，经常晚上回来满身的酒气，有时候喝醉了还打我妈。他很重视我的学业，天天逼着我学习，我两岁就会背好多首古诗，三岁就会写自己的名字。六岁那年夏天，开始学乘法口诀表，暑假贪玩，学了一个多月也没背会。那天早上爸爸出门的时候说，今天必须全部背完，晚上八点他来检查。那天我和小伙伴抓鸟去了，下午六点才回家，还有两个小时爸爸就回来了，我突然意识到问题的严重性，我拼了命地背，越紧张越背不过，每次在8864这里就要卡壳。

“到了晚上，他回来了，一身的酒气，手里拿了一把奶奶改衣服的木尺子，喊我背口诀表。我到8864就卡壳，他又给了我几次机会，越这样我越紧张，还是没有背出来。他气得用左手提着我的衣领，右手挥动尺子打我屁股，我不停地躲，尺子以屁股四周20厘米为半径，画圆落点，我的大腿、屁股和背部全是瘀青。

“挣扎的时候我踢倒了垃圾桶，我爸就喊我把地上擦干净，并且边擦边背8864。为了加深印象，也让我吸取教训，从那以后，我爸罚我做一周家务，每做一件就念一句8864。就这样度过了心惊胆战的一周，我终于背会了乘法口诀表，但是我再也停不住了，而且开始发展为必须把物品摆放整齐，把周围擦拭干净，不停地洗手，等等，而且做这些事之前，都要念一遍8864，越紧张就念得越多越快。

“那段时间，我爸爸生意失败了，他经常喝醉，然后回家就打妈妈和我。我特别恨他，每次念8864都是带着对他的仇恨，我也因为这个问题，没有学业、没有社交、没有工作，成了别人眼中的‘怪人’。

“后来，我爸因为酒后开车撞了讨债的债主，被判了刑。入狱后，我妈改嫁了，精力都花在照顾新家上。其实我还真希望我就是郝有钱的儿子，不是想有个有钱的爸爸，而是想在我最需要帮助的时候，有个人站出来保护我。”

格瓦拉是完全听进去了，眼角甚至还有泪水，他望着天花板，把眼泪努力憋回去后，说道：“你跟我的身世挺像的，我曾经也有一个幸福的家庭，可惜后来……我跟你们说这个干吗。”

他用刀指着我，对我说道：“你是精神科医生，他说的是不是强迫症？”

“是这样的，通常患者在首次发病时会遭受不良生活事件，部分患者病前即有强迫型人格，表现为过分的谨小慎微、责任感过强、希望凡事都能尽善尽美，因而在处理不良生活事件时缺乏弹性，表现得难以适应。患者内心所经历的矛盾、焦虑最后只能通过强迫性的症状表达出来。”

“继续说。”格瓦拉好像对强迫症很感兴趣。

“强迫症分为：强迫观念、强迫动作、强迫意向、强迫情绪，并且症状多种多样，既可为某一症状单独出现，也可为数种症状同时存在。所以小张在紧张的时候，或者想要清洁脸上的汗珠、地上的灰尘、身上的泥土的时候，就会不停地念叨8864，而且越紧张念得越频繁。”

格瓦拉：“听起来还蛮有意思的，我说，你去看过你爸爸吗？”

小张：“看，每年他过生日的时候，我都去城南监狱看他。”

“城南监狱？我也在那里关过，环境不错的，我特别喜欢吃里面的土豆饭。”说这句话的时候格瓦拉脸上露出了自豪的表情。

“他喜欢吃凤梨酥，每年我都会给他带一点儿。”

“凤梨酥？我以前也有一个狱友，每年中秋节都会收到凤梨酥。”

“我爸的生日就是中秋节。”

“你爸是不是叫张秋光？”

“是的，你认识？”

“他是我狱友，哈哈哈，这世界怎么这么小？”

“那，那他现在，怎么样？”

“监狱里还能怎么样，有吃有喝的。”格瓦拉说到这里，表情更加欢愉了，“我听你爸说起过你，他一直很内疚，说愧对你们母子。”

小张抬起头看着格瓦拉，那眼神是希望他继续说关于爸爸的事。

“你爸当初是因为对方威胁要绑架他老婆孩子，他酒劲儿上来了，才开车撞的人。”

小张哭了，抹了把眼泪，说道：“我还是恨他，但我也爱他。”

我见格瓦拉情绪平和了很多，便搭讪道。

“我看你也不是啥坏人，为什么要做这种事？”

“没有钱了，肯定要做啊！不做，不做的话没有钱用。”

“那你不会去打工吗，有手有脚的。”

“打工是不可能的，这辈子都不可能打工的，做生意又不会做。”

“可是我们没钱，你也要不到赎金的。”

“不可能，我已经打电话给你老婆了，她现在应该已经把钱放在指定地点了。”

“我老婆，谁？”

这时，外面突然响起了警笛声，格瓦拉想要跑，刚到门口就被堵了回来。一群警察冲了进来。

格瓦拉被带上警车的时候转头，笑着对小张说：“我去见你爸爸了，再见！”

警察推了他一把，说：“上车，谁跟你再见。”

4

黄老太跑了进来，我问黄老太：“你怎么来了？”

黄老太：“是我报的警，我不来的话你俩早都凉了。”

我：“你是怎么知道我们被绑架的？”

警察走过来，解释道：“是这样的，绑匪误以为黄女士是你的爱人，所以通知黄女士准备赎金，否则就撕票。我们接到黄女士的报警，说他的朋友被绑架了，对方提出要500万赎金。警方根据监控视频，从医院一路找到面馆，发现绑匪上了你们的车，再追踪到这里的。”

我：“他是怎么迷晕我们的？”

警察：“他趁你们不注意，在面汤里下了药，然后又跟你们套近乎，谎称要搭你们的顺风车。你们把车开出来没多久意识就模糊了，他找到一个人烟稀少的地方，把司机换下来，把你们送到了这里。”

老周：“这家伙真狡猾，话说，绑匪为什么会认为老黄就是老郝的爱人呢？”

警察：“因为黄女士在郝先生的手机通讯录里备注的是‘亲亲’。”

“哼！山西煤老板。”黄老太娇羞地说道。

我看了看交友网站上的信息，留的手机号不是我的，拨通号码后，一个手机响了。我拿出手机，问道：“老周，你电话响了。”

老周矢口否认道：“是谁把这个卡安到我的手机里了？是谁？”

我和黄老太冷眼看着他，缓缓朝他走过去。

老周：“你听我解释，不是你想的那样，你听我说，君子动口不动手！诶你们别这样……救命啊！”

12个我

“我觉得自己无愉快感，脑子像是生了锈的机器，不想做任何事。”

“没事，我们可以帮您。”

“真的吗？”

“是的。”

“那你办80张会员卡吧。”

1

之前有一个病人找到我，说他在网上搜索躁郁症，结果去了搜索推荐的医院，这家私人医院号称中西结合、包治包愈，外加各种英文日文的治疗仪，治了三个月，啥问题没解决，还耽误了治疗时间。

那天我和老周聊起这事儿，都挺好奇的，就上网找了找这家医院，医院的网站主页就像个大黑板报，挂着各种专家教授获奖的照片，页面两边滚动着QQ聊天窗口，窗口里专家的头像不停地闪烁着，仿佛在说："来啊，撩我啊，反正有大把时光。"

页面中间不时弹出各种免费通话，健康基金，服务热线，免费检查的宣传框，给人一种不聊两句都不好意思离开的感觉，于是我伪装成躁狂症患者，和客服愉快地聊了起来。

2

"在吗？"

"您好，这里是★纪丕琥精神卫生专科医院★省.市.区医保定点医院★咨询预约挂号电话微信:183666***77 直接预约挂号，请逐一留下信息（姓名 年龄 电话 看诊疾病 看诊日期）。”

“客服在吗？客服。”

“在的亲，这里是纪丕琥精神卫生专科医院，我是纪教授的助理小杨，请问有什么可以帮您？”

“咋地？你是实习生吗？”

“是的，请问有什么需要帮助的吗？”

“太不专业了，我要专业的，专业的麻溜出来。”

“我本人大学就是这个专业，目前研究生在读，请问有什么需要帮助的吗？”

“那什么，我问你一个专业问题。”

“您请讲。”

“哪个职业压力大，天天看病？”

“对不起，我们没时间回答您这个问题。”

“你看你看，你还是专业的，怕什么？昂？你专业你怕什么？”

“我们还有别的咨询，您这个问题和诊断无关。”

“我看看你们的专业程度，不行吗？我这暴脾气，就说你们不专业。”

“目前公务员、互联网从业者、媒体人都属于压力比较大的行业。”

“不对，不对，错老远了。”

“那您说是什么行业？”

“医生啊，不然还有谁天天看病？”

“……您还有别的咨询吗？”

“有。”

“请问您需要咨询什么呢？”

“说多少遍了，我要专业的客服，来个主任医生啥的，把你们经理，哦不，管事儿的领导给我叫过来。”

“好的，您稍等。”

一分钟后。

“您好，我是值班医生杨医生，请问有什么需要帮助的？”

“怎么还姓杨，你不会是刚才那个实习生，上个厕所换个称呼接着和我聊吧？”

“不是的，我是今天的值班医生，请问有什么需要帮助的吗？”

“这样吧，我问你一个问题，哪个职业压力大，天天看病？”

“医生，只有医生天天看病。”

“你看，我就说你是那个实习生吧，因为刚才我已经告诉你正确答案了。”

“请相信我，我们是最专业的。请问您要咨询什么？”

“相信个屁，我只和纪院长聊。”

“好的，您稍等。”

一分钟后。

“您好，我是纪丕琥。”

“是纪院长吗？纪院长，我能不能问你一个问题？”

“别问了，医生。他们都给我说了，医生天天看病。”

“不是之前那个问题，我想问的是，我最近总想打人，特别狂躁，尤其是每个月的那几天，看谁都不顺眼，姐妹们都说我跟换了个人似的，也没精神逛街购物，唯一的活动就是在家织毛衣，我这是什么毛病？”

“月经正常吗？”

“说啥呢，我是男的。”

“您贵姓？今年多大？”

“免贵姓敬，今年30，已婚，媳妇是开美容院的。”

“好的敬先生，那么这种情况多久了？”

“一个月吧。”

“再说一下具体症状。”

“这样，我详细给你说一下，我是一个搓澡工，在澡堂子上班。经常熬夜加班，那几天加着加着吧，就感觉不对了，胸闷头涨，睡也睡不好，感觉思维特别奔放。有一次，有一个客人光着身子在那儿趴着，大金链子大背头，满背的文身，我不知道为什么，就是控制不住想拿拖鞋扇他屁股。

“后来吧，我真的忍不住了，我拿起拖鞋扇了自己一个大嘴巴子，连扇好几下，觉得好解恨好过瘾，根本停不下来，趴着的那位社会哥直接穿裤子走人了，这是我生平第一次跟黑恶势力做斗争，并且气势上还占了上风。”

“这些细节不用描述，你就说具体症状吧。”

“我说的就是症状，我们不是要推荐客人办卡吗，那会儿我精力特别饱满，见到客人就上去打招呼，一聊就是半小时，滔滔江水口若悬河，我们老板都被我的口才震惊了，你猜我一周办了多少张卡？”

“您留一个手机号吧，咱们加微信说。”

“说出来吓你一跳，我一张都没办出去，老板说，我说话得罪人。”

“您要不加我微信吧，咱们微信说。”

“我跟我老板直接干起来了，这次是用拖鞋扇了他的脸。”

“打字交流不一定说得清，加个微信或者通话对您更有帮助，我们的中西结合治疗手段，对各类精神疾病都很有效果，仪器也是国际上最先进的。”

“都以为老板要开除我，可后来没有，而且还给我评了当月优秀员工，你猜为什么？因为我自己花钱办了80张卡，全送给亲戚朋友。哈哈哈哈哈哈哈，没想到吧。”

“我的微信手机都是183666***88，您可以直接添加。”

“我刚刚说了那么多，你有没有看？”

“我一直在看。”

“觉得怎么样？”

“你老板人挺好的。”

“谁问老板了，我说的是我的病情。”

“哦，初步来看，您应该是躁狂症，当然具体的诊断还得做别的工作，不然告诉我你的手机号，我打给您。”

“你打给我吧，我给你讲讲我们澡堂都有哪些优惠套餐，顺便给你办一张样卡，怎么样？”

“那，还是加微信吧。”

3

我正想着下一步怎么聊呢，老周立马掏出手机，添加了对方。

老周：“换我来，该我了。”

我：“你瞎掺和什么，躁狂症的症状你知道？”

老周：“躁狂症不就是打人吗？”

我：“你说的那是黑社会。”

老周：“那我咋聊？”

我：“这样吧，你来个抑郁症。这个微信应该还是客服的，不懂专业知识，咱们按照双相情感障碍来，我给你说具体情况，你来打字。”

老周：“啥是双相情感障碍？”

我：“简单地说就是躁郁症，又有抑郁症又有躁狂症，明白了吧？”

老周：“切换这么快，他们看不出来？”

我："不会，他也不会管那么多，他只想把你弄到医院里，管你什么病，能赚钱就行。"

老周："哈哈哈哈，行行行，我来和他聊。"

对方也成功添加了老周。

4

"鸡屁股院长吗？"

"？"

"哦不好意思，输入法太智能了，是纪丕琥院长吗？是我，刚刚在网上和您聊过天。"

"嗯，通过刚才您的描述，我初步判断您是躁狂症，您可以来我医院一趟，因为很多东西需要面诊，才能最终给您制订治疗方案。"

"我不想动，只想一个人待着。"

"我们可以上门来接您。您先准备20000块吧，咱们先办理入院。"

"这么贵吗？"

"这不是贵不贵的事情，现在最主要的事情是赶紧治疗。我们中西结合疗法治愈率非常高，加上最先进的伽马电波仪，保证药到病除，绝对物有所值。"

"算了，别管我，死了也是一种解脱。"

"您是敬先生本人吗？"

"是我，你怀疑我？"

"没有，那您现在有哪些症状？请直接告诉我。"

"我觉得自己无愉快感，脑子像是生了锈的机器，不想做任何事，下个月业绩完成不了，办不了卡，肯定会失业。我的生活好灰暗，已经没有信心活下去了，也不愿和周围人接触，记忆力下降、注意力障碍、反应时间延长，睡眠也不好，我时刻都告诉自己，自己活在世上是多余的人。”

“没事，我们可以帮您。”

“真的吗？”

“是的。”

“那你办80张会员卡吧。”

“我们的帮助是给您治疗，解除病痛，找回生活的勇气。”

“算了，没人可以救得了我，活着也没什么意思，长痛不如短痛。”

“您在哪里？我们可以派车来接您。”

“你说我是躁狂症，可我觉得我是抑郁症，你觉得像吗？”

“从您刚才的表现来看，初步判断可能是抑郁症。”

“那你们怎么治疗呢？”

“我们会根据您的具体情况，采取药物治疗、物理治疗、心理治疗，危机干预，结合针灸和推拿，加上伽马电波仪等措施的综合运用，提高疗效、改善依从性、预防复发和自杀、改善社会功能和生活质量。”

“可是，我的业绩还是完成不了，要不你们还是办80张卡吧，这样我可能会好受很多。”

“这个我们办不到。”

“哦，那还是先算了吧。”

5

老周实在编不下去了，“扑哧”一声笑了出来。

“他们也太黑了，人都没见着就要20000块，下一步咱们怎么办？”

我："再换一个病。"

老周："又换？别搞穿帮了。"

我："不会，这家医院只想怎么把你骗过去，不在乎你的病。"

我边吃饭，边拿起手机，继续聊了起来。

6

"鸡屁股院长在吗？"

"？"

"不好意思，纪丕琥院长，我的输入法有问题，请问我到底是什么病？"

"您之前表现的是躁狂症症状，刚才表现出抑郁症倾向，那咱们折个中，就算是躁郁症吧。"

"这种事情能折中吗？"

"您放心，不管是躁狂症，还是抑郁症，还是躁郁症，我们的伽马电波仪都可以治愈，这点我们很有信心。"

"我真的是躁郁症吗？啥是躁郁症？"

"躁郁症又称双相障碍，属于心境障碍的一种类型，临床表现按照发作特点可以分为抑郁发作、躁狂发作或混合发作。"

"你们具体怎么治疗呢？"

"我们会根据您的具体情况，采取药物治疗、物理治疗、心理治疗，危机干预，结合针灸和推拿，加上伽马电波仪等措施的综合运用，提高疗效、改善依从性、预防复发和自杀、改善社会功能和生活质量。"

"这不是你们治疗抑郁症的手段吗？"

对方停顿了一分钟，估计在翻聊天记录。

“是这样的，对精神疾病的治疗大体框架都一样，目标也是一样，万变不离其宗。您先带20000块，我们检查完，就能办入院。”

“20000块不是治疗躁狂症的价格吗？”

对方又停顿了一分钟，估计又在翻聊天记录。

“多退少补，我们医院的收费是可以查得到的，这个您可以放心。”

“好贵啊，我考虑考虑。”

“躁郁症的自杀率非常高，身体是自己的，钱还可以再挣，我们医院收费相当合理，关键是治疗技术先进，治愈率高，您还可以走医保，建议您及早治疗。”

“我静一静，等一下聊。”

7

老陈走过来，看到我们聊得这么欢，了解情况后，也嚷嚷着要聊会儿。

老周：“老陈你就别捣乱了。”

老陈：“你个保安队长啥都不知道也能聊，我是医生，怎么就不能聊了。”

老周：“别给我聊穿帮了。”

老陈：“不会，我这次给他们来一把王炸。”

我：“啥？你要跟他们斗地主？”

老陈：“我要来点刺激的。”

我：“要加倍？”

老陈：“加啥倍呀，你别老想着斗地主。你还记得去年我们遇到的那个多重人格的患者吗？”

老陈看了我一眼，我心领神会，回答道：“你说的是那个强迫症、心理咨询师、侦探、建筑师、女护士？”

老陈：“是的。”

老周：“等等，都把我绕糊涂了，你们说的到底是一个人还是几个人？”

老陈：“身体是一个人，脑子里却住着几个人。”

老周：“那个人后来怎么样了？”

老陈：“他有五个人格，先是因第一人格身份，强迫症患者，入院的时候洗手洗得都脱皮了，还是停不下来；入院没几天，第二人格身份出现了，是心理咨询师，对着镜子给自己做心理咨询，把自己给催眠了，醒来之后又去给别的病友做催眠；一周后第三个人格出现，是一个私家侦探，他说他之前调查了一起诈骗案，一个女孩子设计色诱富豪，然后敲诈对方500多万。因为手里有证据，便被犯罪团伙暗杀，进医院就是为了躲避追杀；后来第四个人格出现了，是一名建筑师，整天说有人要害他，便利用休息时间，找到了医院围墙最薄弱的墙段，用筷子戳破水泥，抠下来十多块砖，逃跑了。”

老周：“就这么跑了？”

老陈：“也不是，人家后来第五个人格出现，化装成女护士，混进医院里，据她说，她诈骗过别人500多万，这次是来暗杀一个调查她的私家侦探的。”

老周听得目瞪口呆，终于回过神来，说道：“真的假的？”

我：“我早就跟你说，离新来的护士远点，现在知道厉害了吧。”

老周吞了口口水。

8

我和老陈笑而不语，老陈接过手机，开始聊了起来。

“鸡屁股院长在吗？”

“要不您换成手写输入法吧。”

“哦哦不好意思，纪丕琥院长。是这样的，我刚刚看了之前的聊天记录，我要郑重给您道歉。对不起，给您工作添麻烦了，刚才的内容不是我聊的。”

老周推了老陈一把，骂道：“你个瘪犊子，会不会聊？瞎说什么呢？赶紧把手机给我。信不信我抽死你？”

老陈急忙抬手护着头，解释道：“别急，好戏刚开始。”

老陈安抚着老周，继续聊了起来。

“您的意思是？”

“是这样的纪院长，刚才的内容，是我聊的，也不是我聊的。”

“我不太明白您的意思，您能说详细一点吗？或者来我们医院我们当面交流一下。”

“我的病是间歇性人格分离，您明白了吧。”

“您有哪些症状呢？”

“我这个病就是人格分裂，简单地说，就是一个躯体里住着不同的人格，他们交替出现。和精神分裂症的区别在于，前者是因精神刺激，导致体内出现多个人格轮流‘值班’。后者是一个灵魂，表现出幻听、被害妄想、失控等，是个体和现实的‘分裂’，相当于一台电脑，同时装了xp、ios等系统。而精神分裂症是部分文件损坏，常弹出广告、蓝屏甚至死机，装了补丁，都能修好。”

“比喻得很到位，您说的‘他们’指的是？”

“就是我的后继人格，我习惯称作‘他们’，只是和我共用一个身体。因为我和‘他们’经常处于剧烈的对立面。‘他们’会依据环境与外部刺激长期接管或暂时性地接管我的主体人格，使我丧失对身体的控制能力。”

“那您还有哪些人格您知道吗？”

“我现在知道的有12个，‘身份’分别是：中学生，诗人，拳击手，厨师，园林工，演员，异食癖，强迫症患者，抑郁症患者，躁狂症患者，躁郁症患者和X人格。”

“那您现在是主体人格吗？”

“是吧。等等，你不是医生吗？怎么问我这么多问题？这些是你的专业知识啊。”

“……额，那您要不要来医院治别的人格？”

“我的主体人格是健康的，要做的不是把别的人格治好，而是让‘他们’消失。”

“我们会根据您的具体情况，采取药物治疗、物理治疗、心理治疗，危机干预，结合针灸和推拿，加上伽马电波仪等措施的综合运用，提高疗效、改善依从性、预防复发和自杀、改善社会功能和生活质量。”

“这话您是复制好了，随时用随时发是吗？”

“额，是。”

“好吧，这些细节都不重要。我有一个问题，就是‘他们’中有几个人格的病都不一样，比如，当躁狂症人格出现时，我却在吃抑郁症的药，抑郁症的药理是恢复人的活力，那对于躁狂症岂不是火上浇油？你看，我说的有道理吗？”

“是的。”

“再退一步，就算到了医院，假如出现的是中学生人格和诗人人格还好，要是那时候暴力人格出现了，要是看到这些药，再看到聊天记录，怕是会找你麻烦的哟。”

“……”

“不瞒您说，上次‘他’还用砖块开了人家的瓢。”

“您在开玩笑吧。”

“没有，是真的。这些都不可怕，我担心的是出现X人格。”

“什么是X人格。”

“就是专门尾随、偷拍，甚至猥亵别人的人格，X人格经常对身边的微信好友进行骚扰，侦查和反侦查意识都特别强。不过你放心，目前‘他’出现的频率很少，而且拍的那些照片，我这个主体人格都会及时删除的，您大可放心。”

“再见。”

“别，再聊会儿呗。”此时手机上显示的是【纪院长开启了朋友验证，你还不是他（她）朋友。请先发送朋友验证请求，对方验证通过后，才能聊天。发送朋友验证】

9

老周望着手机，意犹未尽地说道：“都没聊够呢，心理素质也太差了吧。”

老陈：“人家一个客服，一分钱没收，陪你聊这么久，够意思了。”

“依我看，把这些聊天记录存好，赶紧举报了他们。”我拿着手机开始截图。

老周突然灵机一动，转身抢过我的手机，翻出了纪院长的微信号，开始摆弄起来。

我：“老周你这是干吗？”

老周：“不急，等我先加个纪院长的微信。”

我：“加他干吗？”

老周站起来，字正腔圆地说道：“您的好友，X人格已上线。”

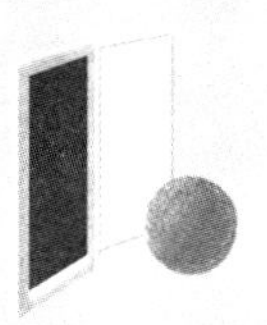

神灯，请再爱我一次

灯神：“每许一个愿望，都会附加相应的精神或心理疾病。”

“想成为灯神呢？”

灯神哽咽着说：“我当初就是许了这个愿望，

最后得了幽闭恐惧症。”

1

五一小长假快到了，大家在商量着去哪里玩耍，你一言我一语，说了一上午都还没有个方案。

老周："要我说，就走远一点，去普吉岛。"

我："普吉岛我们去过，你是又想看上次那个表演吧。"

老周："怎么可能，那种表演场面太不和谐，搞得我全身都湿了，我再也不想看了。"

李护士："人妖表演谁没看过，最多让你摸一下，这都能湿？定力不够啊老周。"

老周："啥人妖表演，我们说的是海豚表演秀，那天坐的第一排，溅我一身水。"

李护士又好气又好笑地直跺脚，一阵哄堂大笑后门被推开，院长进来了。

院长："上班时间讨论去普吉岛，合适吗？"

众人纷纷埋头工作，院长接着说："讨论去三亚还是可以的。"

包护士拍桌子怒道："谁再提议去三亚我跟谁急。"

老周："咋啦，小包？"

包护士："咋啦？你翻老郝的第一本书去。"

院长："好啦好啦都别争了，这样，每人出一个方案，写在纸上，我们民主集中，谁的方案赞成的人最多就依谁的。"

大家纷纷表示赞同，按照院长说的，我拿起纸笔写了起来。

李护士收集了所有方案，放在一个文件袋里。递给院长。院长顺手抽了两个方案，丢到垃圾桶里，说道："我不会采用运气不好的方案。"院长说完，抿嘴一笑，再回头对李护士说："小李，把剩下的方案给我。"

李护士："没了。"

院长："嗯？"

李护士："有的人没写，就俩方案，都让你给扔了，没了。"

院长脸上挂不住，但见大家都等着，便走到垃圾桶边，捡起里面的方案，说道："能从垃圾里脱颖而出，被我捡回来，说明这两个方案运气还是很不错的。"

"方案一，老周写的，大欠沟徒步露营，来回三天。"院长将方案放在桌子上，拿起第二份方案，念道："方案二，老郝写的，老周说去哪儿就去哪儿。"

李护士眉头一皱，说："老郝你咋跟着老周疯呢？还要徒步？还露营？我不去，有人反对吗？"

我："老周说了好多次去大欠沟，我也是好奇。"

老周："别怕，那条线我以前走过，很不错的。"

包护士："吹吧你，荒郊野岭的，我才不去受这个罪呢。"

院长："咱们说了，谁的方案赞成的人最多，就依谁，谁不去留下来加班。"

大家一愣，纷纷踊跃报名，包护士和老陈实在吃不了这个苦，选择在单位值班。我、老周、李护士、李大厨、院长，我们一行5人带了三顶帐篷，从东往西横穿大欠沟，第三天早上，老陈在西头的村庄接我们，整个行程历时三天两夜。我给大家明确了要携带的装具，对任务进行了分工。李护士就背她自己的生活用品，李大厨、我还有院长背装备，老周最鸡贼，觉着食物越吃越少，到后面就不重了，于是他果断要求背食物。

大家按照计划，各自准备着。

2

放假第一天，早上大家在医院门口集合，包车坐到了大欠沟山脚下，微风徐徐，天气正好。我们哼着小曲唱着歌，向山里进发了。

中午一点，我们到了山腰，大家都累得不行，我开始准备午餐。生了火，架好锅，我对老周说道："把你包里的鸡腿和排骨拿出来，今天中午我要做可乐鸡翅和孜然烤排骨。"

老周懒洋洋地打开背包，露出一脸惊恐的表情。

"吃的呢？吃的咋没了？"

我以为老周在开玩笑，便对他说："别闹，赶紧拿过来，都饿了。"

"没开玩笑，包下面有一个洞，东西都漏了，全没了。"

我半信半疑，走过去一看，还真的是，我疑惑道："你背包就没发现东西掉了吗？"

"我只觉得越背越轻，还以为是我体力好呢，没想到是东西掉了。"

李护士和李大厨当即就炸了，指着老周的鼻子就是一顿臭骂，老周自知理亏，低着头不敢吭声。

院长不愧是领导，表现得非常稳重，他走过来问我："现在回去还来得及吗？"

我："我们是包车过来的，要等车子的话，至少要4小时。"

老周接话道：“没事，翻过这个山，就是一个古镇，我们可以去那里休息，好吃的好玩的多得很。”

大家合计了一下，决心继续前进，向古镇进发。

大约走了5个小时，终于翻过了山，大家饿得前胸贴后背，却没见到古镇，只有一个很大的水库。

李护士捂着肚子说：“老周，你说的古镇呢？吃的呢？”

老周似乎也不太确定，摸着脑袋说：“这儿以前是有一个古镇来着，难道被淹了？”

李大厨：“我说老周，你上次来是什么时候？”

老周：“小学那会儿，来这里春游过。”

李大厨：“你小学？五十年前了吧，大哥。”

老周眨眨眼：“嗯呢。”

李大厨冲过去要揍老周，被我们拦住了。

我：“老周，瞧你干的破事，赶紧想办法找点吃的。”

老周估计是饿得连说话的力气都没有了，他低着头蹲在水库边上，用手捧起水，大口喝了起来。他低头时看到水里有一个银色容器，捞了起来，一番打量后，对我们说道：“你们看，这是什么？”

大家围了上去，该物件弯嘴圆把，看起来像一把茶壶。

院长：“这不就是一把茶壶吗？”

李大厨：“我看像是盛醋的。”

李护士：“啥啊，是古代的夜壶吧。”

我：“瞎说，这明明是阿拉丁神灯，许愿的。”

老周眼睛一亮，抱着神灯后退了两步，说：“都别抢，这可是我的。”

李护士不屑地说：“你还真是饿傻了，这话也信。”

老周望着我说：“老郝说真的，就是真的。”

我：“对，这就是阿拉丁神灯，老周，擦一个给他们看看，灯神立马就出来。”

老周边扯着袖子擦拭神灯，边说：“擦就擦。”

片刻后，灯嘴突然开始冒白烟，老周吓得一把丢掉神灯，赶紧往后退。白烟越来越大，一个模糊的古代波斯人的身影从白烟里渐渐升起，身影越来越清晰，最后盘腿坐在白烟上。

“你好，我是灯神！”

3

我们都吓傻了，来不及拿行李，拔腿就准备跑。只有老周留在那儿一动不动，老周对着灯神说：“你真的是灯神吗？”

灯神笑着回答道：“是的。”

貌似灯神并没有恶意，我们停下脚步，原地不动看着老周。

灯神：“我可以满足你三个愿望，但是你要记住，每实现一个愿望你都会……”

没等灯神说完，老周便抢话道：“我要吃很多很多很多好吃的东西。”

灯神笑着说：“没问题。”随即打了个响指，在他面前出现了一大堆琳琅满目的美食，有烤鸭、卤猪蹄、炸鸡翅、汉堡、烤羊腿、煎牛排，还有各种水果、糖果、饮料，灯神露出了一个诡异的笑容，回到神灯里。

老周左手抓起一只烤鸭，右手拿着猪蹄，一股脑啃了起来。我们也一拥而上，开始胡吃海塞。

大约过了半小时，大家都酒足饭饱，美滋滋地坐在地上，拍着圆鼓鼓的肚子，老周却还在吃。

我："老周，还没吃饱呀？"

李大厨打着饱嗝说："他吃了三只烤鸭、两只猪蹄、两个汉堡、五块牛排了，还不够吗？"

李护士边剔牙边说："老周，不至于吧，又不是世界末日。"

老周用袖子抹了一把脸上的油，边吃边说："我再啃个羊腿。"

吃完羊腿后，老周坚持要背食物，他用绳子把之前的破洞扎好，剩下的食物装了满满一背囊，我们向着既定路线出发了。

老周把神灯抱在怀里，谁也不让碰。走了不到1公里，他就又打开行囊，拿出一只鸡腿啃了起来。

啃了几口，老周开始把手指伸进喉咙里，把刚刚吃的又抠吐了，擦完嘴后，继续吃。

李护士看不下去了，说："老周你真恶心，抠吐了又吃这是闹哪样？"

老周紧皱着眉头，边吃边说："我就是想吃东西，但又怕长胖。"说完这句话，老周竟然哽咽了，眼眶中闪着泪花。

李大厨把手搭在老周肩膀上，并递给他一张纸，关切地问道："老周，没事吧你，咋还哭上了呢。"

老周一把甩开大厨的手，狠狠地说："别管我，吃完我就跑着下山，你们把包都给我吧，我要靠剧烈运动来消耗热量。"

说着，老周又拿出一包薯片，大口吃了起来。

李护士拉拉我的袖子，悄声对我说："老周该不会是被下了诅咒吧。"

我："是不是诅咒我不知道，倒挺像是贪食症的。"

院长："嗯，不过这发病也太快了吧，普通贪食症患者暴食现象每星期至少发作2次，至少已连续出现3个月以上，老周这一顿饭的时间，走完了别人3个月的路。"

我打量了一番老周，说："你们看，老周怎么变胖了，看他的腰，还有脖子，明显胖了一圈。"

李大厨："老郝这么一说，好像还真是。"

李护士："你刚刚说的，啥是贪食症？"

我："贪食症是以反复发作性暴食，并伴随防止体重增加的补偿性行为及对自身体重和体形过分关注为主要特征的一种进食障碍。主要表现为反复发作、不可控制、冲动性地暴食，继之采取防止增重的不适当的补偿性行为，如禁食、过度运动、诱导呕吐、吃代谢加速药物等，这些行为与其对自身体重和体形的过度和不客观的评价有关。"

李护士："可老周明明不胖，咋又是抠吐又是运动减肥的？"

我："他是担心自己的体重增加呗，贪食症会造成唾液分泌的显著增加，使得脸显得胖，他们会变本加厉地采用催吐的方法来减轻体重。还有就是由于心理负担加重，会通过暴食来减压，暴食过后又会催吐，从而形成恶性循环。"

我刚说完，老周又把自己抠吐了。李护士赶紧递上纸巾，边拍老周的后背，边问："你们赶紧想想办法呀。"

老周擦了擦嘴，又拿出一块鸡翅吃了起来，边吃边说："没事儿，就是有点撑，我再吃点就停下。"

院长："要治疗也只有回医院，对了，刚刚老周许的什么愿来着？"

我："老周说的好像是，他要吃很多很多很多好吃的东西。"

院长："我知道了，灯神满足老周的愿望，老周没说啥时候停下来，所以就让他一直吃。"

我对老周说："院长说的有道理，老周，要不你把灯给我，我许一个愿望，让你停下来。"

老周边啃着鸡腿边说："人家灯神只认我，我才不会把神灯给你呢，要许也是我许。”

老周用嘴含住鸡腿，拿出神灯，用袖子擦了擦，随着一股白烟升起，灯神再次出现了。

“你好，我是灯神，我还可以满足你两个愿望，但是你要记住，每实现一个愿望你都……”

没等灯神把话说完，老周便抢话道：“让我停下来，我不吃东西了。”

“没问题。”

灯神打了一个响指，便回到了灯里。

老周身体一颤，立马丢掉了手里的鸡腿，他也不惦记着吃了，一切都恢复了平静，大家一路上玩得很开心。晚上，到了露营地，我们搭好帐篷，开始准备晚餐，我打开老周的食物背囊，取出一部分食材，开始做晚餐。

摆好食物后，大家兴致勃勃地吃了起来。老周却说他不想吃，我们都以为是他中午吃多了，没胃口，便没太当回事。

4

第二天一早，我热好牛奶，煮好八宝粥，切好面包，就把大家都叫醒，吃早餐。

老周躺在睡袋里捂着头不出来，我端了热牛奶和面包，对他说道：“老周，先吃点东西吧。”

“我不吃，你们吃吧。”

“你是不是不舒服？”

“没有，就是不想吃东西。”

李大厨走了过来，老周还是捂着头，大厨掀开睡袋，发现老周眼窝深陷，比昨天瘦了不少，精神也差了很多。

大厨问我："他昨晚吃了什么？"

我："啥也没吃，今早上也没吃东西。"

李大厨："昨天胃口那么好，今天又玩这一出，哄谁呢？赶紧吃，一会儿要赶路呢。"

李大厨只差把食物塞进老周嘴里了，老周勉为其难地吃了一口面包，喝了口牛奶。看到他吃了，我们心里的石头瞬间放下来了，大家收拾好行囊，开始了新的征程。一上午时间，我们翻越了两座山，12点左右，在溪边搭起了帐篷，稍作休整。

我沿途摘了一些野菜，搭好灶台生好火后，便开始做午餐，开饭的时候老周依旧不吃。

李护士："老周，你不饿吗？"

"不饿，你们吃吧。"老周躺在草地上，整个人看起来精神很差，情绪很低落。

李大厨夹起一块午餐肉，准备喂给老周，却被老周一把推开了，李大厨看着老周，说道："你昨天胃口那么好，早上也吃了饭的，中午咋熄火了呢？"

老周："我不想长肉，不吃了。"

说完就抽泣起来，院长见状走了过来，说道："老周，你有没有感觉心悸、气短、胸痛？"

老周自顾自地哭着，没理会院长，院长看了我一眼，我看了看老周的袖子，对他说："老周，你袖子上的奶渍是早上的牛奶吧，你是不是把早上吃的东西都抠吐了？"

李护士惊讶道："又吐？昨天的病不是好了吗？"

老周继续哭着，不说话。

我看了看院长，整理了一下思绪，说道："老周的表现貌似是厌食症。”

李护士插嘴道：“厌食症我知道，包护士以前就得过。”

李大厨：“啥是厌食症？”

我：“神经性厌食指个体通过节食等手段，有意造成并维持体重明显低于正常标准为特征的一种进食障碍。其主要特征是以强烈害怕体重增加和发胖为特点的对体重和体型的极度关注，盲目追求苗条，体重显著减轻。”

院长：“昨天老周许的愿望是什么？”

李大厨摸着下巴，说：“好像是‘让我停下来，我不吃东西了’。”

我：“完了，这灯神还真是很严格，满足愿望简直是一字不差。”

李护士：“那赶紧把灯神召唤出来，给老周治好吧。”

老周：“不行，我最后一个愿望已经想好了。”

我：“说说是什么？”

老周有点不好意思，低着头捂着神灯不说话。

李护士：“你没把灯神召唤出来，说了也不会有影响的。”

老周想了想，说道：“说就说，反正迟早会说，我的愿望是，我要当院长。”

李护士：“啊？为什么想当院长呢？”

老周：“有钱买不来权力，有权力不一定有钱，太多钱容易被人盯上，太大的职务我又干不下来，所以我觉得当个院长混吃等死最好了。”

院长在一旁听得脸都青了。

我赶紧说：“我可给你说清楚了，你现在是厌食症，严重厌食症患者可因极度营养不良而出现恶病质状态、机体衰竭从而危及生命，5%～15%的患者最后死于心脏并发症、多器官功能衰竭、自杀，你是要命还是要当院长？”

老周理直气壮地说：“少吓唬我，我当了院长可以给自己治疗，怕什么？”

我：“你别嘚瑟，你这个病是灯神给的，比普通患者发展得快多了，你昨天的贪食症从许愿到病情严重只用了几个小时，现在的厌食症才一晚上人就消瘦这么多，再这样下去，我只怕你撑不过今天。”

老周吓得手直哆嗦，想了一会儿，吞吞吐吐地说：“我还是要命吧。”

老周拿出神灯，用衣服角擦了擦，随着一股白烟升起，灯神再次出现了。

“您好，我是灯神，这是你的最后一个愿望，但是你要记住，每实现一个愿望你都……”

“我要……”老周话没说完，灯神就要冲过来要打老周，快打上的时候被我们拉住了。

灯神喘着粗气，对老周说：“你是不是脑子有病，每次都抢我的话，能不能让我把话说完？”

老周双手护着头，颤颤巍巍地说：“你，你，是神仙，不能打人。”

我：“灯神，你要说什么？”

灯神：“我可以满足许愿人三个愿望，但是需要许愿人付出相应代价的。”

院长：“我知道，就是许愿只能按照字面意思来实现，老周第一个愿望说的‘想吃很多东西’，但是却没说啥时候停下来，所以就得了贪食症；他第二个愿望说他‘不想吃东西了’，但没说啥时候可以吃，所以就得了厌食症。”

大家纷纷为院长的机智鼓掌，院长咧着嘴笑了笑，抬起手对我们说：“好了好了，不要盲目搞个人崇拜。”

灯神：“你在那儿瞎说什么，我堂堂一灯神，会刻板到按照字面意思满足心愿？有这么弱智的灯神吗？”

院长脸红到了耳后根。

我：“那代价是什么呢？”

灯神：“每许一个愿望，都会附加相应的精神或心理疾病。想吃东西就会得贪食症，不想吃东西就会得厌食症，想洗澡就会得强迫症，想睡得好就会得嗜睡症，想要女人就会得性心理障碍。”

我：“想成为有钱人呢？”

灯神：“多重人格，许多个人格帮你花钱。”

李护士：“想要变漂亮呢？”

灯神：“躯体变形障碍，总觉得自己身体有缺陷。”

李大厨：“想当大官呢？”

灯神：“被害妄想症，整天都担心被人铐走。”

院长：“想成为灯神呢？”

灯神望着天空，眼睛里噙满泪水，哽咽着说：“我当初就是许了这个愿望，最后得了幽闭恐惧症，每次回到瓶子里就跟地狱一样煎熬。”

李护士递给灯神一张纸巾，灯神擦了擦眼泪，待他平静了情绪后，我说：“灯神，那老周这种情况怎么办呢？”

灯神：“没办法，他现在有厌食症，就算许了新的愿望，也会有新的疾病出现。”

老周当即就痛哭流涕，一把鼻涕一把泪，嘴里骂骂咧咧的不知道说啥。

我突然想起一件事，便问道：“灯神，老周第二个愿望带来的厌食症出现后，第一个愿望带来的贪食症就消失了，是吗？”

灯神：“是的。”

我：“那新的疾病会和原本身体的疾病冲突吗？”

灯神："你什么意思？"

我："你看，老周原本就有失眠症，他通过愿望得了嗜睡症之后，两个病症融合在一起，老周不就没病了吗？"

灯神："额……理论上，这个问题……额……我得跟上面沟通一下。"

我："你没有违反纪律，都是按照制度办事，况且我相信你肯定也不希望神灯会给别人带来疾病。"

灯神："好吧，你这个说法也有道理，上面的工作我来做，就按你说的来。"

老周收起眼泪，跪在地上，说道："我的第三个愿望是，希望自己睡得好。"

灯神打了一个响指，便回到了灯里，神灯也随即消失了。

老周身体一颤，突然捂着肚子大叫一声："啊呀！"

我们立马围上去，关切地问道："老周你怎么了？不会又得了什么病了吧。"

老周捂着肚子，大声说道："我好饿，两顿没吃东西了，快给我鸡腿。"

"切！"

5

老周当天晚上睡得非常踏实，他说这是他这辈子睡得最香的一夜。

第三天早上，我们在西头的村庄处和老陈顺利会合，旅行圆满结束。

上班第一天，老周屁颠屁颠地跑过来跟我说："老郝，我睡得可香了，失眠症真的好了。"

“说吧，怎么感谢我？”

“感谢你干吗？灯是我捡的，愿也是我许的，跟你有什么关系。”

“好，我这就告诉灯神，让他取消你的愿望。”

“吹吧你，灯神都消失了。”

“他有幽闭恐惧症，正在找我治疗呢。”

“我不信。”

“不信你看。”我从兜里拿出神灯，放在老周面前。

“假的吧，别想骗我。”老周半信半疑道。

我用袖子擦了擦神灯，随着一股白烟升起，灯神再次出现了。

灯神打招呼道：“我是灯神，老周你好。”

老周向上翻了个白眼，晕倒在了地上。

恍惚的我，清晰的你

“我无法控制自己的眼睛，忍不住要去看他，
就像口干舌燥的人明知水里有毒却还要喝一样。
我本来无意去爱他，我也曾努力地掐掉爱的萌芽，
但当我又见到他时，心底的爱又复活了。”

1

老陈搬了新家，请我和老周吃饭，老周带了一壶房县黄酒，我带了蔬菜和羊肉，老陈亲自下厨，做了一锅热腾腾的涮羊肉。

新房子是65平方米的小套二，两室一厅。老陈新家的装修很简单，家具基本上都是以前的老物件，旧沙发破了皮，舍不得丢，重新绷了皮继续用，坐上去特别厚实；两个小间，大间做卧室，小间做书房，卧室的衣柜还是刚结婚那会儿娘家送的，镜子上的鸳鸯至今都是鲜红的；书房有一把藤条摇椅、一副挂式书架和一张小茶几，那把茶壶他养了很多年，白开水倒进去都能喝出茶香；客厅连着餐厅，人多的时候将沙发挪一挪，也能坐下七八个人；厨房只能容得下一个人，再来一个就肩挨肩，老陈说，反正家里来的客人少，平日里做点炸酱面炒点小菜什么的，够用了。

其实我挺羡慕老陈的，他很容易满足，也懂得感恩。没有文人雅士的矫情，也没有商人政客的圆滑，只管种好自己的一亩三分地，不和谁比，也不和谁争，小日子过得比谁都滋润。

老年人坐一起聊天喝酒，总是会按照先拼酒，再吹牛，再“想当年”，最后感叹人生的顺序来进行。酒过三巡，说的也都是曾经的往事，那些陈芝麻烂谷子的事，总是说了又说骂了又骂，却怎么也听不腻。

老周拍着老陈的肩膀，问老陈："你说你老陈，在医院混了这么多年，上了这么多年班，兜里不少存款吧，咋还这么抠呢？"

老陈抿了一口酒，说道："放屁，我这叫勤俭节约，不忘初心。"

我按住老周的手说："有涮羊肉已经很不错了，那年老陈转正，当晚在他宿舍请我吃饭，他出菜我出酒，一块豆腐乳，上面插两根筷子，舔一口筷子喝一口酒，那一晚喝了我四瓶二锅头。"

老周："不是老陈请客吗？"

我："是啊，他就拿了一块豆腐乳。"

老陈摸了摸头说："那会儿不是穷吗，那块豆腐乳可是我一周的下饭菜。"

我："你说那会儿你也有工资啊，干吗对自己这么狠，钱都用去哪儿了？不会一直存到现在吧。"

老陈抿了口酒，剥着花生，说道：

"那时候的工资，都给我哥了。"

"你哥用你工资干吗？"

老陈继续剥着花生，不愿意多说，在老周借着酒劲儿一番追问下，这才打开了话匣子。

2

老陈有两个姐姐，两个哥哥，他排行老幺。老陈的爸爸政治成分不好，那会儿被批斗，走得早，母亲没过几年也走了。作为家里的长子，陈大哥成了家里的顶梁柱，扛起了整个家。

那年村里挖鱼塘，陈大哥接了最重的活儿，挑砂石，因为这差事挣工分多。天黑视线不好，陈大哥脚一滑，摔断了右腿，落下了残疾。腿脚不利索，再加上家里穷，陈大哥快40了连媳妇都没娶。

那年冬天，午后，陈大哥正在准备过冬的煤球。梅三姑乐呵呵地打着招呼："大陈，在忙啥呢？"

陈大哥放下煤球，用围裙擦了擦手，答道："堆点煤球呢，吃了吗三姑？"

"吃了，来来来，我给你说点正事。"梅三姑把陈大哥拉到墙角，神神秘秘地说，"邻村有个姑娘，名字叫吕素云，长得可俊了，小你5岁，家里条件还行，顿顿白米饭，这是照片，你觉得咋样？"

陈大哥怕手上的煤灰污了照片，凑近看了一下，挠着头说："真好看，我这样子，人家肯定看不上，算了吧。"

梅三姑略带生气地说道："嘿，瞧你这点出息，只要人勤快，咱有手有脚的，还怕过不上好日子啊。三姑不也是看你老实，这才想着你，人家可是读过书的，不像你一样，泥腿子。"

陈大哥没敢多说，只是不想让三姑生气，三姑脸色一转，笑着说道。

"明儿你把家里收拾收拾，杀只鸡，上午我把人家带过来，见个面，你可给我精神着点。"

三姑说完就一溜烟儿走了，陈大哥觉得人家也是好意，就认真准备了起来。老陈和几个哥哥姐姐帮着一起收拾家里，用报纸把墙上的裂痕和污渍都给糊上了，煤球也架空了摆，这样看起来特别多，三姐出嫁时的铁框镜子一直放在箱子底没用过，这回也拿出来摆上，陈大哥借了把手电筒放在窗台，也算是有件家用电器。大家齐心协力，出力出物，让家里看起来尽量显得殷实。

第二天，上午10点左右，吕家的人也到了，一行三人，吕素云和她父母，陈大哥第一次看到吕素云，真人比照片里还好看。

吕老爷子背着手，前后院转了转，往鸡圈也瞅了几眼，一番打量后才坐下。

陈大哥边倒水边说：“我父母走得早，家里五兄妹，三妹四妹都嫁人了，二弟也结婚了，老幺还在读书。这几年天不好，粮食收成差，这些年日子过得紧。”

吕老爷子也是爽快人，说道：“你们家的情况我打听过，你人踏实，也不容易，不然我们也不会过来。”

一番交谈后，陈大哥便去张罗午饭，山药炖鸡。

席间老爷子看了眼吕素云，她全程低着头，摆弄着大麻花辫子。又看了眼素云她妈妈，她妈妈头发基本都花白了，看起来很憔悴，眼神空洞，坐在那里一言不发。

“大陈，我也不瞒你，我这老婆子精神不正常，一直在吃药，我四个孩子，老大老二都遗传了她，老三没有遗传，我这小闺女呢，心眼好，也单纯，也不知道会不会犯病，所以我想给她找一个将来不管咋样，都能好好待她的人。”

陈大哥停顿了一下，啥也没说，继续吃着饭。饭后素云主动帮忙收拾起了碗筷，还把桌子上掉的饭粒收集起来拿去喂鸡。

老爷子往桌子上放了一张纸，说：“这是闺女的生辰八字，你要是答应，就收下。”

陈大哥停顿了一下，把纸推了过去。

老爷子啥也没说，点了点头，拿起纸，对折之后小心翼翼地往兜里揣。

陈大哥：“我不识字，更不懂什么生辰八字，不过我会对她好的，一辈子。”

老爷子看了眼陈大哥，点了点头。

临走时，陈大哥一瘸一拐地把老爷子和素云送到村口，素云从包里拿出一个本子和一截铅笔，对陈大哥说："拿去抄报纸练字。"陈大哥接过纸笔，露出了今天的第一次笑容。

那一夜，陈大哥在院子里一直坐到半夜，手里攥着素云送的纸笔，老陈那会儿还小，不知道大哥在想什么，只是在深夜1点的时候给大哥递了件衣服。

第二天一大早，陈大哥就挑了两筐煤球，再别上两只鸡，带上弟弟去了素云家，这就算是提亲了，择日办了喜酒。

婚后的小两口拿着娘家人给的本钱，做了些小生意，慢慢地也算把日子过得像那么回事了，可好景不长。素云的哥哥犯病后用铁锹打伤了三人，伤者家属把吕家围了个水泄不通，光道歉可不行，要赔钱。吕老爷子四处筹钱，能借的都借了，这一下像是回到了解放前，小两口刚过平稳的日子，被这波惊涛骇浪搅和得不得安宁。

素云去看望被关起来的哥哥，哥哥那时候正在发病，在房间里咆哮着要杀了全村人。素云的母亲也犯病了，家里闹得一团乱麻，素云被吓坏了，浑身直哆嗦。回来的路上，她遇到一群小孩儿，指着素云喊杀人犯，她抱着头边跑边喊："不关我事，我没病，不关我事，别打我……"这期间，她见人就躲，嘴里也一直咕噜着，还时不时地拿着大扫把挥舞，也没人敢往她身边去。

陈大哥赶紧带着素云去医院，确诊为精神分裂症，拿了一些药，回家治疗了。

二哥三姐四姐纷纷表示，让大哥离婚。

"家里再穷也不能带个疯子回来啊！你也被传染疯了？""她那可是遗传，以后你们的孩子怎么办？""大哥你是怎么想的？你图她什么？"三个人轮番数落着大哥。

大哥一声不吭，只是一门心思围着炉子熬药，然后拿出纸笔，继续抄写报纸。

大家知道大哥虽然不善言辞，但是认定了的事情，是不会轻易改变的。

那段时间素云在陈大哥的精心照料下，恢复得不错。恢复了的素云深知大哥的不易，便主动承担起家务，忙里忙外地收拾家务。

半年后，大哥从弟弟妹妹那里借来了钱，开了个早餐铺，陈大哥做人厚道，大白馒头价廉物美，卖得很好，很快小日子又红火了起来。

那会儿总有一种观念，要生个儿子传宗接代，媳妇才算有本事，不然就是“不下蛋的鸡”。吕素云身体恢复得很好，和正常人无异，抱着这样的想法，两个月后吕素云怀上了，半年后去检查，是个大胖小子，这把夫妻两人高兴的。那段时间陈大哥啥也没让她干，就安安心心在家养胎。

分娩那天，天下着蒙蒙细雨，陈大哥带着媳妇来到镇上的卫生所。

素云难产，好不容易生下来，孩子却没哭，医生说要立即送到县医院，等到了县医院，已经没了呼吸。素云没哭，一直拿着给孩子准备的衣服不放手。自此，她又钻进了自己的世界，这一钻就是6年。

3

说到这，满杯的黄酒一饮而尽，老陈就没再讲了。这话说一半，想继续问又开不了口，老周没耐住性子，追问道。

“你哥没送她去大医院继续治疗吗？”

“去过一次，因为护士收起了她给孩子准备的小衣服，嫂子突然发病，把护士从楼梯上推了下去。主治医生的眼睛也被抓了，视力几近失明，那个年代医疗条件差，医院在和家属商量后，开了药回家治疗了。”

老周追问道：“回家治疗难度更大了吧，发病了怎么办？”

“回家治疗一开始还行，后来就不行了，我哥得下地干活儿，没时间监督嫂子吃药，她一开始还比较自觉，后来就趁我哥不注意，把药全吐了，病情也被延误了。大嫂发病时见人就厮打，吆喝着让人还她儿子，有时候自己也能安静地坐下，说是要给儿子喂奶。有时候又要带孩子出去散步，走着走着就不知道走到哪里去了，走丢过几次。家里又没人能看着她，邻居见她就躲，哥实在没辙，只有把她锁起来了。

“为了治病，家里一贫如洗，能卖的都卖了，能借的都借了，也是在那年，我考上了大学，家里实在没东西卖，村长不想让村里唯一的大学生上不起学，就介绍我哥给别人做瓦匠，这才筹到了钱。那段时间，我哥早出晚归，身心俱疲，嫂子受尽非议，生不如死。可我哥不管多累多苦，从来没有抱怨过。嫂子不想拖累他，趁着我哥上工，打破了瓷碗，割腕自杀。碰巧我哥忘了带一件工具，回家取的时候看到了倒在地上的嫂子，她这才捡回了一条命。

“在医院里我哥跪在她面前求她，不要做傻事，好好活着，有他在一切都会好的。嫂子抱着我哥一个劲儿地点头，经历了这次，他们也算是重拾信心。”

“你哥对你真够意思，那你嫂子平日里都做些什么？”

“她有文化，会读书会写字的，不犯病的时候就拿着笔在屋里写写字，我哥就喜欢坐在她旁边看她写，我哥常说，太阳光透过窗户正好照到嫂子，那时候的她最好看。”

“她还能写字啊？”老周惊诧道。

“她上过初中，写字可好看了，还记得那会儿我哥在二手市场给她买了本书，外国名著《简·爱》，嫂子空余时间基本都在看这本书，她很喜欢里面的女主，经常摘抄书里的句子，数不清抄了多少遍，后来嫂子就变得安静了很多，有时间也写点感想或者诗歌，对于她的变化，我们其实也一直都挺困惑的。”

我接过话道：“你嫂子这样做得分两个方面看：一是她避开社交那么久，很可能是她的认知能力出现问题了，出现阴性症状，也就是变得淡漠、行动迟缓之类的，所以你们才觉得她安静的时间多了；二是受精分影响的大脑或会进行重组并抵御疾病的发展，可以理解为，精分患者有一定的自愈能力，但这关键我想还是在于家人悉心的照料与陪伴，作为丈夫，他能做到尊重、共情、真诚地对待妻子，药物治疗之外，其实丈夫是最能发挥作用的一个人，这才使得病情有了好转。”

老陈端起杯子，干了一杯，抓起一把花生剥了起来。

老周想起一件事，说道：“所以，你的钱存着是给你哥了吗？”

“准确地说，是给我嫂子，然后让她转交给我哥了。”

“啥意思？你嫂子不是病了吗？你怎么给她的？”

“在我嫂子被锁的几年后，我大学毕业，成为一名精神科医生，也有了自己的工资。那会儿我把工资邮寄给我哥，他却坚决不要，他说以后我还要成家，把钱留着，好好找个媳妇过日子。我哥是个倔驴，他认准的事情，谁也改变不了。后来我每次回家，都带很多信封和邮票回去，让我哥把嫂子写的东西邮寄到红旗出版社，还可以赚点稿费，补贴家用。”

“你嫂子写的啥？红旗出版社会出版她写的东西？”

“因为有一个很贴心的编辑在和她书信交流，指导一些写作技巧，以及结算稿费。”

“雷锋啊，这伯乐是谁？”老周惊诧道。

我接过话：“我没猜错的话，这个编辑就是老陈，稿费就是老陈的工资。”

“老陈不是在医院吗？怎么搞到出版社去了？”

老陈朝老周丢一颗花生米，说道：“你傻啊，红旗出版社就在我们医院隔壁，我找了他们的领导，汇报了情况，要借用他们的邮箱和地址，他们非常支持，后来还给我哥捐过款呢。从那以后我的工资基本都交回去了，一直到现在。”

“我滴乖乖，老陈你心眼儿还挺多。”

“其实，我一开始只是想变着法地把钱给我哥，没想到这件事的影响远超过我的想象。我嫂子写东西能赚到钱，这事儿很快就在村里传开了，大家都对这个‘疯子’刮目相看，我哥从小就自卑，因为嫂子的病，在乡亲们面前更加抬不起头。自从拿了稿费，我哥的腰杆终于直了起来，说话都有底气了，每次我回家都狠劲儿夸我嫂子，嫂子阴霾的脸上也渐渐地有了一些变化。我哥干活儿很卖力，庄稼收成年年都是村里最好的，加上稿费，所有钱都用来给嫂子治病，我回家的时候也教我哥如何护理精神病人，两年后，我嫂子脚踝上的锁链终于被摘下来了。”

老周倒了杯黄酒，拍着指间的花生壳碎末，说道：“这精神分裂这么玄乎？是怎么得病和复发的呢？”

我：“精神分裂症患者的世界比正常人的世界要更丰富一些，这个丰富包含着幸福，当然也有惊恐和无尽的想象中的险恶。引起精神分裂症的因素不外乎就是遗传、孩童创伤的摧毁、青少年事件的打击等社会因素。正常家庭精神分裂症的发病概率只有1%，但遗传因素的患病率就高达80%了。他嫂子的情况是有遗传因素的，坚持服药治疗是可以有效控制的，但是丧子这件事对她来讲打击实在是太大了，诱发了偏执型精神分裂症的发作，就像是‘压死骆驼的最后一根稻草’。”

4

老周：“那会儿你嫂子投稿写的啥？能不能给我们看看。”

老陈放下酒杯，转身走到书房，从最上层的书架上取下一个糖果铁盒，从里面拿出厚厚一摞信封。

“你们看吧，这些都是她写的。”

我拿出其中一封，泛黄的纸张折叠得特别整齐，整齐地写着几行字。

我无法控制自己的眼睛，忍不住要去看他，就像口干舌燥的人明知水里有毒却还要喝一样。我本来无意去爱他，我也曾努力地掐掉爱的萌芽，但当我又见到他时，心底的爱又复活了。

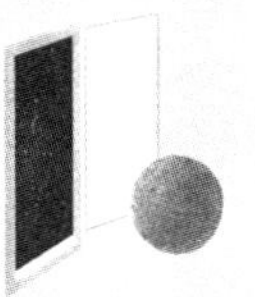

金老师的熔炉

“人体摄影就是拍模特的身体。
模特要脱掉衣服裤子，一丝不挂地站在那里。”
“我妈妈说，不能在陌生人面前脱衣服。”
“在人体摄影的情景下，你就可以脱光，
因为这是艺术，是最纯洁的。”

1

周六下午，我收拾完家里的卫生，没啥事做，就打开老年广场舞QQ交流群，在里面闲聊起来。

上线没多久，黄老太便发来信息："老郝。"

"在的，你也在网上冲浪啊？"

"冲你妹，赶快注册一个新QQ号。"

"注册新号干吗？"

"磨叽，别问那么多，注册之后加我的小号3788****78。"黄老太发了这句就下线了。

我注册了新QQ号，加了她的小号，搜索显示名叫"黄小坏的魔法棒"。

好友验证通过了，黄老太发来信息："把你的新QQ号密码给我。"

"你要密码干吗？"

"喊你给你就给，话多。"

我把密码发了过去，大约十分钟后，她给我发微信，让我登录我的新QQ号。

我登上去后就震惊了，整个号的画风突变，名字叫"夜寂之浅唱”，头像是一张非主流自拍，年龄填的是10岁。

“你填这些资料是要干吗？玩初恋吗？”

黄老太没有直接回答我，而是给了新的指示。

“等下我拉你进一个群，进去后你别乱说话，看我眼色行事。”

“隔着屏幕聊天，我咋看你眼色啊？”

“装怪是不？”

“不敢不敢。”

黄老太总是对人一副爱答不理的样子，说话也多是冷嘲热讽，但心肠特别好，属于刀子嘴豆腐心那类人。

“我突然想起一件事，你费时费力地让我注册新QQ你再修改个人资料，为什么你不直接注册一个新QQ给我呢？”

“我是看你智商在线不，不在线的人，我就不带玩了。”

黄老太刚刚发完这条信息，老周就发来微信语音。

“老郝，你知不知道咋注册QQ号？快告诉我，快点！”

2

黄老太把我拉进了一个名叫“绘画小天才”的QQ群，从资料来看，都是一些小朋友，有几个老师在里面。

我看了群公告，上面写着：1. 进群者必须是小学生；2. 必须有绘画作品才能进群；3. 不允许说脏话和辱骂他人；4. 必须服从老师的管理。

我打开和黄老太聊天的小窗，问道：“你这葫芦里卖什么药？”

黄老太：“这是我孙女加的绘画群。这几天，我孙女天天对着手机傻笑，还发自拍和照片到QQ群里，每次都激动得不得了，还不让我看，问她她也不说，我趁她睡着后翻她手机才发现的，你猜我还发现了什么？”

“什么？”

“这个群的老师25岁，高大帅气，长得跟《来自星星的你》里面的男主金秀贤一模一样，他也姓金，为人也很随和，琴棋书画样样精通，很有才气的。”

“所以你是来追星的吗？”

“怎么可能，群里的学生每带一个新人进来，他就要发红包，聊天的时候也经常发红包。”

“所以你是为了钱，那给你发了多少？”

“5块。”

“就5块钱？啥时候发的？我怎么没看到呢？”

“他几天前就加了我好友，你一进来他就小窗发红包给我了。”

“我怎么没有？”

“你别急，金老师经常发红包，你发言积极点，假装小朋友，多帮我抢点红包呗。”

“什么叫帮你抢？我抢的不就是我的了吗？算了我也不跟你扯了，我八你二。”

“搞清楚，我不拉你进来，你怎么可能抢得到红包？”

“你厉害，我七你三。”

“我以前做过播音员，模仿娃娃音易如反掌，我给他发过语音，说你是我同学，他对我非常信任，还说我声音像百灵鸟。”

“你行，我六你四。”

“我还在孙女学校拍了很多照片，网上找了一些学生照片，偶尔给他发几张，对我信得不要不要的，我说你是真的你就是真的，说你是假的你就是假的。”

“你够狠，五五开。”

“老周约我今晚跳广场舞，你重新找个舞伴吧。”

“这样吧，都给你，全是你的好吧。”

3

进群没多久，一个名叫金老师的群主在群里发话了：“黄小坏，新进的这位小朋友，就是你说的那位同学吧。”

黄小坏：“是的，浅唱是我同桌。叫郝小才，今年10岁，巨蟹座，是我们班的文艺委员。”

金老师：“欢迎新同学。”

金老师发了一个红包，我眼疾手快，抢了20块。

黄小坏：“他的作品在去年还代表学校参加了街道小学的比赛，得了优秀奖，老师说他是当代毕加索，老师，毕加索是谁？”

金老师：“毕加索是了不起的画家，小才很了不起。对了，你们街道有几所小学呢？”

我：“报告老师，就我们一所。”

金老师：“哦这样啊，那有几个人参赛呢？”

我：“50个人。”

金老师：“那也很不错呢，这么多人你还能拿优秀奖，很不错哦。你画的是什么呢？”

我：“画的名字叫《我为祖国献石油》，嘻嘻。”

金老师：“画得怎么样？能不能给老师看看？”

我：“等下，我去找找。”

我从抽屉里拿出一张纸来，画了一个小朋友，站在派出所门口，左手拿着块石头，右手提了桶油漆，然后拍照发到了群里。

“老师，这幅画的灵感来自一首歌，歌词是‘我在马路边捡到一分钱，把它交给警察叔叔手里面。’画里的小朋友捡到了石头和油漆，他为了支援祖国建设，就在派出所准备将石和油送给警察叔叔。老师，我画得好吗？”

金老师的头像变灰了。

闲来没事，我就在群里跟小朋友们你一言我一语地瞎聊着，我进了几个小朋友的空间，看了他们的照片和日常更新，加上聊天的语气，确定他们确实是小学生。

聊了大概半小时，我正准备下线，系统显示有添加好友的验证，我点开一看，是金老师，我刚通过验证，对方就发了一个10块钱的红包给我。

“谢谢金老师。”

“小才同学真是个好孩子，很有礼貌。刚才老师网络有问题，掉线了，不好意思。你画得很好，很有意境。”

“谢谢老师夸奖，金老师，你是美术老师吗？”

“是的，我带过的学生很多都在国际大赛上得过奖。”

“他们都获得了哪些国际大奖啊？”

“有美国的亚历山大卢奇绘画奖和齐白石奖。”

“齐白石不是中国人吗？”

“这你就不懂了，民族的就是世界的。”

这老师反应还挺快，我在聊天的时候加了很多表情包，尽量显得自己幼稚。

“老师，我可以和你学习画画吗？”

“当然可以，你刚才的作品我看到了，构图和颜色对比来看，你是一个绘画天才，我教了很多学生，你是我见过最有天赋的一个。”

“谢谢老师夸奖，我一定吃鸡起舞，再接再厉。”

“不是吃鸡起舞，是闻鸡起舞。”

“对对，那老师我以后会成为毕加索吗？”

“只要听老师的话，老师好好教你，你会成为世界级绘画大师。”

“太好了，谢谢老师。”

“这样，我要给我的学生建立档案，你先发一张照片给我吧。”

我只是觉得这样聊天好玩，也不想继续骗他，于是就回了一句：“我手机马上没电了，该做作业了，下次再聊吧，88。”便下线了。

4

第二天，早上七点半，我刚起床，倒了杯水，手机便响起QQ信息提示音，我打开一看，是金老师。

“小才，早上好。”

我没有理会他，开始洗漱和做早餐。

八点半左右，他又发来信息。

“小才，周末不要赖床哦！”

我关上手机，依旧不想理会他。

十点左右，QQ信息提示音再次响起。

“小才，你昨天发的画，我看了一下，我觉得这幅画如果稍加修改的话，会是一幅惊世之作。”发完信息，又发了一个红包给我，本不想理会他，可没控制住点红包的手，于是打开了红包，入账10块。

“小才，你的画色彩过渡得不够好，这10块钱去买一块橡皮，好好修一下。”

老师的热情让我觉得有一丝异样和不安，于是我决定跟着他的节奏走。

“哇咔咔，谢谢。”

“不客气，对了，我的学生太多了，每个学生都有自己的特长和特质，我要给我的学生建档案，这样才能更好地帮助他们成长，记录他们的进步，你先发一张照片给我吧，我存档，最好是生活照，没有的话就现拍一张吧。”

我实在找不到理由推托，就在家族QQ群相册里找了几张小男孩的照片，选了一张发过去，剩下的留着备用。

“哇，小才真是个帅小伙，肯定有很多女生追你吧。”

“有两个。”

“哪两个呢？”

“一个是王小臻，坐在我后面，还有一个是黄小坏，是我同桌。”

“哦哦，那你喜欢谁呢？”

“我还在考虑，毕竟婚姻大事不是儿戏。哎呀，我们巨蟹座就是这样，做事犹豫不决。”

“老师也是巨蟹座，同病相怜哪。”

“黄小坏太幼稚了，整天就知道让我哄她开心，跟她在一起感觉我像她爸爸。”

“她要你怎么哄呢？”

“她让我周一买棒棒糖给她，周二给她发2块钱的爱心红包，周三给她买酸奶，周四给她买奶茶，周五帮她值日，周末陪她练芭蕾。我觉得和她在一起，我没有自我。而且我才10岁，经济上压力挺大的。”

“那王小臻呢？”

“我还在考验她。”

“怎么考验？”

“我让她周一买棒棒糖给我，周二给我发2块钱的爱心红包，周三给我买酸奶，周四给我买奶茶，周五帮黄小坏值日。”

“周末呢？”

“周末陪我去陪黄小坏练芭蕾。”

“你还挺精明，看来王小臻对你是真爱。”

“我也正在犹豫，这个决定对我很重要。虽然我爸妈说我早熟，但对于感情，我还是黔驴技穷。”

“……这个地方用黔驴技穷不太合适。”

“那用什么呢？”

“额……就黔驴技穷吧。其实你可以自己赚钱的，你这么有绘画天赋。”

“怎么赚钱？老师快说。”

“今天周末，你来老师家里，老师免费教你绘画，你画好了就可以卖钱，这样你就是有钱人了。”

“我要问问我爸妈。”

“不能问哦，问了他们知道你早恋，你就完了，而且你和老师聊天，将来见面等这些事情也不能让你爸妈知道。”

“为什么呢？”

“因为有很多学生家长我都认识，万一哪天你的父母或者黄小坏的父母找我，问我关于你们早恋的事，老师说漏嘴不就麻烦了吗？早恋是会被学校开除的，一辈子抬不起头，所以我们之间的对话一定要保密，不能让任何人知道，尤其是你父母，老师可是为了你好。”

“嗯嗯，我知道，我一定保密，打死也不说。”

说到这里，我已经大致知道他葫芦里卖的什么药了。我决定继续和他周旋，多搜集证据。

“今天来不了的话，下个周末，你就给父母说要和同学出去玩，然后来老师这里吧。”

“好的，下周我一定来。”

“你这么聪明，应该知道，其实女生喜欢的都是有气质，有才气的男孩子。”

“我就是觉得我不够才华横射，才学的画画，但是太难了。”

“是才华横溢。”

“哦。我想学一个简单的，摄影之类的，端着照相机咔嚓一下就完了，不用描边不用调色。”

“这个很简单，老师是中央美术学院的研究生。你还真有眼光，摄影师端着相机走遍大江南北，看尽山川美景，是何等的才华横溢，给你个红包，祝你早日成功。”

这条消息后，金老师发了一个红包，我打开一看，10块。

“哇，谢谢金老师。可我周末不能走太远，能不能在房间里练习，那种不需要什么道具又简单好学的摄影？”

“完全可以的，有志者事竟成。房间里的摄影就是人体摄影，这可是当前最火最简单的摄影学科了。老师正在准备一个人体摄影展，你可以先过来当小模特，先了解一下，打好基础。”

“什么是人体摄影啊？”

“简单地说，就是拍模特的身体。你看欧洲文艺复兴时期，画家们没有相机，都是用手绘的形式画他人的身体，后来发明了相机，就改为用相机拍摄身体了，这种艺术形式最悠久最有内涵，按照你们的话说，就是最酷最拽。”

“站在那里不动就行了吗？”

“模特要脱掉衣服裤子，一丝不挂地站在那里，这样才能让摄影师捕捉身体的美。”

“我妈妈说，不能在陌生人面前脱衣服。”

“你妈妈说的没错，小孩子是不能随便在别人面前脱衣服的，但有一些特殊情况要特殊处理。”

“什么特殊情况？”

“比如，你在海边沙滩上玩，要脱衣服吧，这就是一种特殊情况。在人体摄影的情景下，你就可以脱光，因为这是艺术，是最纯洁的。”

他又发了一个红包，10块。

“这个红包是对你的鼓励，肯付出就会有收获的。”

“哇，谢谢老师。”

“你发一张没穿衣服的照片过来，老师看看你的形体基础怎么样？”

他这是想试探我身份的真实性，于是我在之前的相册里找了一张海边穿泳裤的照片发了过去。

“很好，很有天赋。你是老师见过基础最好的同学，老师很看好你。”

“有没有别的同学当模特呢？”

“有的，很多学习摄影的同学都是从当模特做起的。”

“给我看看他们的照片吧。”

“好的，老师找找。”

几分钟后，他发来了好几张不同的小男孩赤裸身体的照片，有的站在沙发上玩玩偶，有的躺在床上玩手机，有的造型明显是在摆拍，而且从照片背景来看，都是同一间屋子。

“你看，他们玩得多开心，这些照片都是艺术品，可以卖很多钱。”

“我也要学，老师，我今天就要学。”

“这样，你家住在哪里？”

“我家住在东利街世纪花园。”

“这么巧，老师住在你家附近，你家旁边有一个人民公园，老师在雕塑下等你吧。”

“好的，我准备出发了。”

他发了一个红包，20块。

“等你哦！”

5

我先联系了警察，再联系了黄老太。

“黄小坏，你的金老师是个恋童癖。”

“啥？恋童癖？”

“嗯，恋童癖是以未成年人为对象获得性满足的一种病理性性偏好，简单说就是，我们对孩子产生的是保护欲，而他们产生的是性欲。在第四版DSM的恋童癖诊断标准为：1. 对青春期前的孩子反复强烈地表现出性的兴趣，如性幻想、性冲动或涉及性的行为，这种状态至少持续6个月；2. 性幻想、性冲动或行为干扰了工作和生活的正常进行；3. 被评估的人至少16岁，并且比针对的儿童至少大5岁。”

“都是小孩儿，性行为能做啥？”

“他们获得性快感的方式很多，有窥视、触摸儿童阴部，等等。”

“你有证据吗？”

“他发的图片和聊天记录我都保存了，而且我相信他电脑里还有很多这样的照片。”

“真是够坏的，那咱们赶紧报警吧。”

“我已经报警了，一会儿约了他在人民公园的雕塑下见面，你跟我一起去呗。”

“好的，等着我。”

6

我们到了公园，在雕塑旁的椅子上坐下，警察在远处守着。

等了大概十分钟，还是没见到人，于是我给金老师发了信息。

“金老师，你到了吗？”

“老师下车了，马上到雕塑那里，你过来吧。”

我看了半天，还是没看到那个25岁，高大帅气，长得跟《来自星星的你》里面的男主金秀贤一模一样的金老师。

“金老师，我在街对面，没看到你，你给我挥挥手吧。”

此时，雕塑下一个40多岁的大肚子油腻男，冲着街对面挥了挥手。

我立马通知了埋伏好的警察，随即将他带走。

我乐呵呵地对黄老太说：“这就是你说的金秀贤啊？”

黄老太没有回应我，突然面色变得凝重。

“他一共给了我80块的红包，这是证据吧，是给你还是给警察？”我打趣道。

黄老太还是没有理我，紧皱的眉头看起来很焦虑。

“黄小坏？”

“我……”

“怎么了？”

“我，我，我孙女，上周末……”

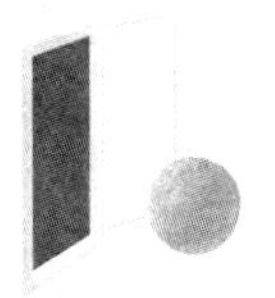

股东的世界（一）

“三个月前，他们在柳州就被抓过一次，
估计过段时间还会重操旧业。”
“这是为什么呢？”
“这些人很难或者不愿意认清现实，
是因为他们面临着一个人们最不愿意面对的事情，
自我否定。”

1

老周一个月前请了病假，就一直没回来，电话也打不通。大家有过很多猜想，李护士说老周一直想换手机，不会是去卖肾了吧，老陈说有可能，毕竟老周有肾结石，留着也是疼，卖了正好。我心想谁换了他的肾也是倒了血霉了，隔三岔五地去碎石，售后服务极差。

周五晚，我洗完澡准备跳广场舞去，刚迈出门，电话响了。

“老郝，最近咋样？”

“老周？你小子干吗去了，都在找你。”

“找我干吗？我这么大一活人，还能被拐不成？”

“你上哪儿去了？”

“别急，你还记得上次我们在西山寺的许愿池边上，我往石龟屁股上投了硬币许的愿吗？”

“我想想，当时你好像说，希望你的痔疮早点好起来。”

“那是第一个，还有第二个呢，再想想。”

“你说你今年要赚很多钱。”

“是的，如今愿望终于实现了。”

“痔疮好了？”

“额……不是，是我赚了很多钱实现了。”

“你做什么这么赚钱？有好事也带上我呗。”

“你过来，来了就知道了。”

“哪儿？”

“南宁。”

“太远了，不去。”

“底薪一万。”

“你知道我不在乎这些。”

“月提成三万。”

“钱财乃身外之物。”

“年终奖十万。”

“不是钱的事。”

“分红一百万。”

“明天见！”

2

第二天，我起了个大早，直飞南宁。到南宁后，乘坐机场大巴来到市区，老周过来接我，同行的还有另外一个人。

“老郝，给你介绍一下，这是我们公司的汤经理。”

汤经理看起来瘦骨嶙峋，苍白的脸上眼窝深陷，就像一块干瘪的腊肠，生硬的微笑就像戴了一副小丑面具。

汤经理握着我的手，热情地说道：“这位就是郝老师吧，您好您好，欢迎一起来干行业！”

“干行业？什么行业？”

“行业就是你我发家致富的新门路。”老周急忙解释道。

“郝老师，您看这大老远跑过来，家里人一定很惦记，打个电话报平安吧，周经理和我安排了饭局，给您接风。”

“我一大活人，报什么平安，赶紧吃饭，快饿死了都。”

“郝老师，您就打一个吧，周经理喊你过来的，打了电话他心里也踏实。”

“对对对，先报平安，不然还以为我把你拐卖了呢。”

经不住他们一席劝，我打了电话报了平安，紧接着来到吃饭的地方，酒店挺气派的，生猛海鲜大鱼大肉，平日里喝酒都推三推四的老周今天酒风异常彪悍，从宇宙起源到东欧剧变，从核聚变到广场舞，逮啥聊啥。会劝酒的人总有理由让你喝，一番推杯换盏，虽然我竭力推托，能躲就躲，可后来还是喝高了。

第二天醒来，我在一座居民楼里，周围很安静，偶尔听到几声狗叫。床头柜上有一杯热水和几片面包，我没啥食欲，只觉得口渴得不行，拿起水杯一饮而尽。

门锁传来一阵钥匙的转动声，门开后老周和汤经理进来了。

“郝老师，昨晚休息得好吗？”

“喝大了，现在头还有点疼呢。”

“吃点东西垫垫吧，空肚子更难受。”

汤经理面具式的笑容虽极度僵硬，但言语间表现出来的那种贴心和热情还真让人无法拒绝，我边吃面包边和他聊了起来。

“老周，我钱包哪儿去了？”

“我正要和你说呢，昨晚你非抢着埋单，拦都拦不住，最后结账3100，你全拿出来也只有3000，我自己掏了100咱们才走的人。”

“你不是说给我接风吗？咋还要我埋单？”

“你抢着买的，你当时那速度，加一双翅膀就是滑翔机。”

“我身份证和手机呢？”

“老郝我怎么说你，当时醉得一塌糊涂，我怕你搞丢了，就交给财务给锁在柜子里了。”

汤经理转过头看着老周，再对我说道：“这样吧郝老师，我们带你出去走走，呼吸一下新鲜空气。”老周边开门边附和着，我也想出去走走，便起身和他们下楼了。

我们住的是五楼，路过四楼的时候隐约听见有人讲课的声音，讲到高潮的时候还有人鼓掌，听这掌声，现场应该有二十来人吧。

到楼下的时候又下来了一个小伙子跟着我们，汤经理说他是总经理助理，大家认识一下。寒暄几句后四个人便在周围逛了起来，那个助理一直走在我后面，每次与他眼神对视的时候都在回避我。我们大概围着这栋楼走了半小时，聊的基本都是现在祖国一片大好的经济形势，此时汤经理接了个电话，仿佛接到什么指令，一阵点头后挂了电话，对我说道：“郝老师，正好今天我们公司的副总在，要不带你上去见见？”

老周一如既往地在一旁附和道：“对对对，去吧，认识一下。”

“好吧，反正也没事儿。”

我们拐进了一个小胡同，出了小胡同有一个布满藤蔓的独栋小楼，上了三楼，开门的是个身着职业装的姑娘，她非常热情地邀请我进屋，老周和汤经理说那边还有事，就回去了，留下助理在门外等我。

3

“您就是郝老师吧，很高兴认识您。”姑娘热情地和我握手，并示意我坐下。

“喝点什么？”

“白开水就行。”

姑娘边倒水边说道：“忘了介绍了，我姓万，是公司的副总，主抓管理和业务这块，您叫我小万就可以了。”

小万把水杯放在我面前，继续说道：“昨天真不好意思，有一个瑞典的合作要谈，没能去机场接您，真是不好意思。”

“恕我直言，你们这是在搞传销。”我开门见山地道出了自己的想法，喝了口水继续说道，“从接到老周电话的时候，我就怀疑他被骗到传销组织了。你们先让我打电话报平安，好让家里人不起疑心；再以接风的名义把我灌醉，让我埋单，把现金花光让我跑不掉；接着没收我的身份证和手机，让我彻底没有逃跑的招；现在带我来这里，是想给我洗脑吧。”

我以为刚才那番话说出来，这个姑娘会极力解释，找各种理由掩饰自己，可她却并没有作任何反驳。

“没错，我们就是传销。”

“那我跟你聊什么，放了我和老周，不然让你们都去蹲大狱。”

“您别急，事情没有您想象的那么简单，喝杯水，听我慢慢给您说。”

姑娘边添水边说道：“对，老周是被骗过来的，您也是被骗过来的，汤经理也是被骗过来的，我也是被骗过来的，我们都是被骗过来的，但您有没有仔细想过这个事儿呢？”

“想什么？”

“您是医生，学历高收入高，我是经济学硕士，以前是联想的中层管理者，汤经理是华南理工大学最年轻的教授，桃李满天下，四楼的讲师以前是投资公司的CEO，其余的人员从大学生到外企白领，都是有学历有能力有地位的社会精英。”

“我凭什么相信你说的？”

小万拿出一摞资料摆在我面前，说道：“我知道您不会相信，这些是他们的个人资料，里面有工作履历以及相关证书，您看看吧。当然，您也可以说这些是我伪造的，不要紧，过会儿你就可以和他们当面对质，相信您也是阅人无数，是真是假，接触一下就能看出来。放心，他们会一五一十、耐心仔细地和您说，因为他们当初来的时候和您想的一样，您现在所有的疑惑和想法，他们曾经都有，他们会用实际行动打消您的疑虑。”

我拿起花名册翻了起来，粗略看了一下，简历里的任职岗位和时间段都经得住推敲。

“这些白领高管、大学教授为什么愿意放弃之前的一切，来和我们干行业？难道是他们傻吗？不是，因为这里有他们最需要的东西。”

“是什么？”

“金钱和尊严，如果我告诉你，在这里干一年的收入，抵得上在单位干十年、二十年，你信吗？”

“不信。”

“你看，这就是问题所在，因为你‘懒’，懒到你不相信自己会赚到钱，想成就一番事业，克服性格里的惰性是第一步。世界上90%的财富掌握在1%的人手里，这公平吗？公平！绝对公平，因为他们所付出的努力和艰辛值得拥有这些财富，付出肯定会有回报。只要你勤奋，只要你肯吃苦，一百万绝对不是梦。能够实现自己的人生价值，就是获得最大的尊严，这就是他们愿意来这里的原因。”

“再勤奋也不用把心思花在搞传销上吧。”

“看来您对销售不太了解，我大致给您说说吧。我们都知道生产力决定生产关系，生产力的状况决定生产关系的状况、性质和形式。简言之，有什么样的生产力，就会有什么样的生产关系，所以，依据生产力的发展程度，就会产生出相应的销售模式：传统销售、连锁销售、传销。你有没有想过？这些年国家经济飞速发展，天网系统无处不在，手机都实名了，国家机器一启动，你整个人都是透明的，想要彻底打击传销还不简单吗？而传销依然存在，并且发展得这么好，为什么？”

“为什么？”

“因为生产力起来了，科技、文化、教育都跟上了，传销被正名了。我们内部打电话免费，住宿免费，免征个人所得税，以及一些用于研发的资金，都是受到扶持的。”

“可是你们没有实际商品，这就是传销的一大特征。”

“有，也可以说没有。准确地说，是不久的将来我们会有的，您听说过抗衰老生化酶吧？”

“听说过一点。”

“这么说吧，人体衰老其实并非是自然现象，它是一个身体器官衰败的过程，我们把人体衰老当成一种疾病，然后通过特殊的生化酶进行跟踪，如果这些生化酶得以修复，那人体自然功能将消除衰老。这意味着，人类可以不再受病痛之苦了。你想想，如果你是20岁的小伙子，身体健康朝气蓬勃，就像初升的太阳，怎么会有糖尿病、高血压、冠心病、失眠等这些疾病。”

“你们具体做的是什么产品？”

“这要从2007年说起，那年，瑞典科学家研究发现了两种生化酶sirt3和sirt4，就是我刚刚说到的抗衰老生化酶，这种生化酶对于抗衰老和线粒体细胞分裂具有至关重要的作用。我们在与他们合作，进行深入的研究，他们提供技术，我们提供资金支持，现在已经到了临床试验阶段了，在不久的将来，这一定会是人类进化史上的里程碑事件。”

说完，小万又拿出一堆关于抗衰老的文献以及一些英文资料给我，全是看不懂的专业术语。

“那你手底下的人在这个工程里，具体做什么业务呢？”

“咱们刚才说了，瑞典提供技术，我们提供资金，但是远远不够。我们甚至把原本用于生活补贴的经费用到了科研上，咱们的员工现在就在发动亲人众筹，就是为了能够实现这个宏伟的计划。”

“交多少钱才能入股呢？”

“是这样的，29888元/人/股，初级股东拉十个人就能升级为中级股东，拉一百人就能升级为高级股东，拉一千人就能进入董事会。每个阶段会有相应的提成比例，越往后越高。具体还有很多细节，我们的培训师会跟你详细介绍。我们做得好的员工，上个月工资加提成收入达到32万，去年一年奖金加工资收入500万，现在正在瑞典公费旅游，这就是我说的，付出就一定会有回报。”

“这么多？我上一辈子班都挣不到这么多钱，我这工作其实也挺鸡肋的，天天累死累活，挣得少不说，还经常被病人打，但辞了吧又觉得可惜，毕竟都这么多年了。”

“你的想法很正常，而且也很理性，要不这样，你先请个病假，在这里做着，咱们也没必要抛家舍业地来干事业，那样做是对股东不负责任的。”

“可我拉不到那么多人怎么办？”

“这个很简单，你拉进来的人所发展的新人，新人发展的新人，都会计入你的名下，你就是他们的第一推荐人或者第二推荐人，并且按比例依次提成给你，你的成员呈扇状无限扩大，收入也会像滚雪球一样翻倍。”

“别人会不会误解我？”

“万事开头难，方法总会有的，具体方法我们会有专人做培训。再换个角度想，你也是为他们好，谁不愿意让自己让家人过上好日子，良药苦口这个道理我们自己一定要清楚。”

我喝了口水，琢磨着她刚刚说的话。

“你刚刚说的那些我需要时间来消化一下。”

小万走到书柜边，拿出一本书，递给了我：“没事，不急。这本《股东兵法》是我们的内部教材，我们都是通过这本书才进入这个行业的，你拿回去看看吧。”

我接过书，大致翻了一下，感觉印刷排版都挺粗糙的。小万送我到门口，特意嘱咐门口的助理小伙子把我送回公司。

4

路上闲着没事，我便和助理小伙子聊了起来：“小伙子，你是哪儿人？”

小伙子刚刚还一脸严肃，立马热情起来：“我老家四川南充。”

“你来多久了？”

“干行业一年了，来这里三个月。”

“来这里三个月？那还有大半年在哪里呢？”

“之前在柳州。”

“柳州不好吗？为什么来这里呢？”

“南宁的市场好一些，对于业务提升很有帮助。”

“哦，这么回事，你来这儿之前是做什么的？”

“大学毕业后换了好几份工作，后来在保险公司做销售。”

“哦，那你现在在这里做得怎么样？”

“还行，现在是中级代理。”

“咱们每天都做什么呢？”

“早上六点起床，洗漱五分钟，六点五分早课学习《股东兵法》，七点早餐，上午业务培训，十一点五十午餐，中午谈业务，下午业务培训，六点半晚餐，晚上九点准时熄灯就寝。”

“业务培训的内容是什么？”

“还是《股东兵法》。”

“那早课和业务培训有区别吗？”

“早上是背诵，业务培训是老师授课，具体学习，学习也要讲究个循序渐进嘛。”

“是这么回事，那咱们除了学习就没有别的活动吗？广场舞啥的。”

“中午有半小时午休。”

“哦，你有女朋友吗？”

“没有，现在是业务的上升期，谈恋爱太浪费时间和精力了，我暂时不考虑个人问题，吃得苦中苦方为人上人。”

“那这里有两口子干行业的吗？”

“有，不过为了干行业，他们也只是工作关系，经济基础决定上层建筑，没有钱的爱情和家庭，也不会幸福。等将来成就事业后，再考虑儿女私情吧。”

“嗯，对了，这里的伙食怎么样？”

“我们吃得很简单，行业饭。”

“有肉有酒吗？”

“过年会有的。”

“不能吃肉不能喝酒，不能谈恋爱，按时起床和就寝，这和当和尚有区别吗？”

“肯定有啊。”

“啥区别？”

“我们有头发。”

“额……”

股东的世界（二）

“三个月前，他们在柳州就被抓过一次，
估计过段时间还会重操旧业。”
“这是为什么呢？”
“这些人很难或者不愿意认清现实，
是因为他们面临着一个人们最不愿意面对的事情，
自我否定。”

1

汤经理在楼下等着我，说大家给我准备了一个欢迎仪式。

我以为会有鲜花、美食、舞台、聚光灯啥的，到了四楼刚推开房门，只听见里面的人齐声喊道：“欢迎回家！欢迎回家！欢迎回家！”吓得我差点又跳回门外。

房间很简陋，基本没啥家具，只有窗户下整齐放着的塑料凳子，这应该是学习时候用的。众人由低到高站成三排，眼神充满了期待和惊喜。

汤经理走到前面，手里握着一卷裹着的文件，对大家说道：“今天，是家人团聚的日子，我们迎来了第十六位亲人，下面有请亲人给大家做个自我介绍。”

屋子里瞬间响起了热烈的掌声。

“大家好，我叫郝文才。”

“文才，文才，我们爱你！文才，文才，我们爱你！”我话音刚落，下面的人就有节奏地打着拍子，齐声喊着这段话。

汤经理一抬手，下面的人瞬间收住了不说话，现场顿时变得鸦雀无声，他示意我继续说。

“很高兴认识大家，在今后的工作中一起学习一起进步一起加油，一起干行业！共同创造美好的明天。”

“文才最棒！文才加油！文才最棒！文才加油！”

不得不说，这样的阵势和热情还是很能打动人的，至少他们脸上的笑容和神态绝对不是装出来的。

汤经理安排我住进了四楼的大出租屋，16个人睡两张大通铺，男女各一张，我的床铺和老周挨着。

卧室很简陋，没有床，打的地铺。所有人都没有枕头，被子叠得很整齐，牙刷都摆成一条直线，毛巾都很陈旧，但清洗得很干净，看得出来使用者都很爱惜，放置得也很工整。墙角有一个破旧的木质衣柜，里面的衣服工整叠放着，衣柜下是几双拖鞋，每人一双都不够，估计是公用的，所有窗户都紧闭着，没有空调、电扇、电视机等家电，唯一的电器应该是床头的手电筒了。

在场的人很热情，抢着帮我铺床叠被，放置洗漱缸和牙刷。床上用品洗得很干净，就是放久了摸起来有点润。

“家人”边帮我收拾，边嘘寒问暖，感觉并不是第一次见面，这种热情和关心，真的就像回家一样。

住集体宿舍对传销组织来说有两点好处，一是新人会被老员工监视，不怕跑了；还有不给新人独立思考的空间，一切都按照作息制度来，尽在掌控。

2

午饭时间到了，汤经理：“来，文才，咱们到食堂用餐吧。”

“还有食堂？在哪儿？”

话音刚落，只见周围的人动作麻利地将凳子拼在屋子中间，再在上面盖一块木板。

“喏，这就是食堂，我们公司讲究的就是资源利用最大化，提倡节俭，不搞那些形式主义，没想到吧。”

“嗯，是挺意外的。”

所有人围坐在一起，菜端上来了，半盆子盐水煮土豆，汤经理说了一句：“大家吃吧。”说完，一群人抢吃起来，老周坐在我旁边，主动往我碗里夹了一块土豆，说道：“吃吧，文才，不吃饭哪有劲儿。”

紧接着好几双夹着土豆的筷子出现在我面前，大家纷纷给我夹菜，念叨着：“吃吧，多吃点。”

汤经理边吃边挥舞着筷子说：“文才，别客气，喜欢吃什么自己夹。”

我心想这也没得选，不管那么多，入乡随俗吧，吃了起来。

吃完第一碗感觉没吃饱，我起身想要去添饭，望见饭锅里空荡荡的，老周立马抢过我的碗。

“给我，我来洗，今天我值日。”

紧接着他蹲下，以迅雷不及掩耳之势把桌子上的餐具收拾了。认识他这么多年了，还真没见过他这么勤快。

周围的人都靠过来和我聊天，有一句没一句地聊着，也没啥实质性的内容，我能感受到他们是在关心我，努力让我感受到家的温暖，就是痕迹太明显了，微笑中流露出一丝尴尬。

3

中午有半小时午休，大家都躺着，不过貌似根本没人睡觉，都在补笔记或者阅读《股东兵法》，老周也在看书。

“老周，这书写的什么？”

“股东兵法内容挺丰富的，我只看完了‘时代变革’这一章，现在准备看‘如何成为一名优秀的推销员’。”

“老周，你觉得这里能赚到钱吗？”

“能。肯定能，不然我是怎么来的呢？”

“怎么赚？”

“拉人过来干行业呗，不然你是怎么来的呢？”

“这种好事你能惦记着我，对我真好，真是谢谢了。”

“应该的，互帮互助嘛，等你入行了，我再拉老陈他们过来。”

“你交了多少钱？”

“29888元。”

“哦，我现在没钱，怎么交呢？”

“去银行喊家里打钱呗。”

“我家里的情况你是知道的，没钱。”

“老郝你是不是傻？这是个赚钱的大好机会，你就别在那里装穷了，你什么实力我很清楚，你跟我装可以，你能跟生活装吗？”

“我跟生活装什么？”

“你甘心每月累死累活完事儿才拿那么点工资？你甘心老陈他们年年出国旅游而你只能趁着没值班去爬爬长城，人家老陈吃烤鸭都是全聚德，一张面皮裹五块鸭肉，你呢，请我吃碗卤煮都得惦记兜里那点钱。”

“各过各的，不能比。”

“所以，你要努力赚钱，将来你孩子才能过上丰衣足食的生活。”

“可是……”

“别可是可是的了，我们以前就是太懒，错过了太多的机会，只要努力，好好干行业，好日子还会远吗？”

我看了看四周，确定没人在意我们，便对老周小声说道：

“我跟你说，这里是传销，你不知道吗？”

“我最烦你们用这种语气说传销，传销怎么了？能让我赚钱，能让我生活安逸，能解决好多社会实际问题，你还在那儿诋毁传销，你这是老观念老思想，要换那个年代，你这是要游街示众的。”

我不和他争了，拿着书“学习”起来。这本书基本上是这个房间里，我们能接触到的唯一资讯。这也是洗脑的一个手段，消除一切传销之外信息来源，为洗脑创造更大的空间。

一开始我还不确定老周是不是被洗脑了，想着来到这里直接把他带走，他这一番话把我都说蒙圈了，看这情形，别说把他带走，就是我想走，都难了。

4

下午的时间是学习，授课的是汤经理，学习了一大堆口号。为人处世的“三大原则”，与人交流的“五讲五留”，公司管理的“六大章程”，新手入门的“三多三宝”，事业瓶颈期的“八大心态”，理财生财的“黄金定律”，突破自我的“破五关”。

学习完这些口号后，就是集体喊口号时间，“我们要听领导的话”“坚决完成任务”“顾客就是上帝”“有志者事竟成”“做行动的巨人”。在场的人一个个跟打了鸡血似的，热血沸腾，参加学习的人都一字不落地做着笔记，并不时大喊口号强化记忆。汤经理确实能说，从现实举例到人生哲理，说得头头是道。并且学习现场秩序极好，其间没有人上厕所，没有人提问，没有人交头接耳。

这种把概念标语化、口号化的行为最大的用处就是把学习的思维格式化，用最简洁明了的词汇总结出概念，加深影响便于记忆，最终统一大家的思想，实现步调一致，同时也打消了成员别的想法。

5

七点钟准时晚饭，盐水煮白菜，米饭依旧只有一碗。

晚饭后又是学习，先是汤经理唾沫横飞的讲解，然后是个人分享，上台的是一个年轻小伙子。

“你以前是做什么的？”

“我以前是厨师。”

“做厨师多少年了？”

“6年。”

“赚到钱了吗？”

“没有。”

“为什么没有赚到钱？”

“因为我懒，因为当厨师赚不到钱。”

“现在知道怎么赚钱了吗？”

“知道了知道了。”说到这里，这个小伙子的表情瞬间乐开了花。

“应该怎么做？”

“跟着公司，跟着领导，就能赚大钱，以前我浪费了太多时间，人生过得毫无意义。幸亏公司领导救我于水火，对我不离不弃，给了我一个这么好的平台，还有家人耐心地帮扶我鼓励我，让我有机会开始新的生活，谢谢领导，谢谢我的家人，谢谢你们。”小伙子喜极而泣。

汤经理抱了抱小伙子，轻轻地拍着他的肩膀，深吸了一口气。

“来，让我们喊出我们的口号。‘有志者事竟成！’”

众人齐呼：“有志者事竟成！”

“心若在，梦就在！”

众人齐呼：“心若在，梦就在！”

“做行动的巨人！”

众人齐呼：“做行动的巨人！”

接下来，汤经理喊我也上去分享。

“你以前是做什么的？”

“我以前是医生。”

“做多少年了？”

“35年。”

“赚到钱了吗？”

“有点存款。”

“为什么没有存到更多的钱？”

“因为都被人借了。”

“现在知道怎么存更多的钱了吗？”

“知道了知道了。”说到这里，我的表情瞬间乐开了花。

“应该怎么做？”

“不借给别人钱。”

汤经理和在场的人都愣了，不知道怎么接话。我见势不对，立马补充道：“只有赚更多的钱才不怕别人借钱。”

汤经理看时机成熟了，接话道：“对，进攻才是最好的防守。来，让我们再次喊出我们的口号。‘有志者事竟成！’”

众人齐呼：“有志者事竟成！”

“心若在，梦就在！”

众人齐呼：“心若在，梦就在！”

“做行动的巨人！”

众人齐呼：“做行动的巨人！”

喊完口号之后，大家纷纷拿出纸笔，开始认真地写着，我问老周：“这在干吗？”

“哦哦，忘了给你说了，这是在列名单。”

“什么是列名单？”

“就是从你能联系到的所有人里，列出能够发展过来干行业的人，分好几类，如直系亲戚类、朋友类，还有……还有什么来着，你等等。”

老周估计功课没做好，给忘了。他拿出笔记本，仔细翻阅到相关章节。

“哦哦哦，在这里，分为直系亲属类、亲属类、邻居类、朋友类、其他类，朋友类又分为‘五同’。”

“哪五同？”

“同学、同事、同乡、同宗、同好。”

老周写完之后，便根据列出来的单子，开始挨个打电话，内容和之前我接到的基本一样，软磨硬泡，故弄玄虚。

6

十点准时熄灯睡觉，我越想越不对劲，便用胳膊肘顶了一下老周。

“老周，问你个事儿。”

“睡觉了，明天还要干行业呢。”

“就一个事儿，很快。”

“快说。”

“当初你列名单的时候，把我列在哪个类的？”

“哎呀，问这个干吗？”

“就问问，快说。”

“睡吧，吵到别人了。”

“亲属类？”

“你说你……”

“同事类？”

“其实……”

“朋友类？”

“哎呀，你……”

“你不说就别想睡觉。”

“好吧，好吧，我说，其他类，行了吧。”

“其他类到底是什么意思？”

“每个人的其他类代表的意义都不一样。”

“你的代表啥？”

“代表，代表借给我钱的人。”

“你……”

7

早上六点，值班的人员准时把大家叫醒。没有一个人赖床，基本上都是从床上弹起来的。

十分钟洗脸刷牙叠被子，收拾完毕，六点十分准时晨读《股东兵法》，其间穿插了冥想，主要想的是以后的生活，这可能是一天之中他们最幸福的时刻。

老周眯着眼，嘴角露出一丝笑容，我尽量压低声线，问道：

“老周，你在想啥？”

“在想以后院长跪在我面前哭的样子。”

“不是想象美好的生活吗？”

“还有什么比院长跪在我面前哭更美好的？”

“那人家凭什么跪在你面前哭？”

“找我借钱，我不借给他，不就行了吗。”

“他凭什么找你借钱？”

“你去把他的钱都借光，他就没钱了。”

“我凭什么把他的钱借光呢？”

“因为你要借钱给我，你又没钱，只有去找院长借，院长的钱被借光了，而我那时候早已腰缠万贯，他不来找我借找谁借？”

“凭什么我要把钱全部借给你？”

“好好好，那我想点别的。”

“想啥？”

“院长把你的钱借光了，你没钱用，跪着找我借钱。”

“你大爷的……”

激动人心的冥想时间过后，我的肚子开始咕咕地叫起来，一看时间，都七点半了。

“老周，今天早上吃盐水煮啥？”

“怎么可能顿顿都是盐水煮。”

“哟呵，还有惊喜呢！”

“我是说今天早上没有早餐。”

传销组织这些看似荒诞的做法，对他们来说其实是非常有必要的，每天固定时间都要组织成员冥想，通过脑补画面来强化信仰，食物都极其简单，以低糖、低蛋白的食物为主，这样就可以减少能量摄入，降低成员大脑批判性思维的能力，更加便于操控。

8

在这里待的这段时间里，我发现门外总有对话和脚步声，应该是负责把守的人，日常基本没人出去，并且这个组织一直将逃跑者称为无耻的叛徒，大家对这种行为也是极其深恶痛绝，就算有人出去，也有老员工看着，这些老员工对组织的忠心程度甚至比传销组织者还要高。硬跑是跑不掉的，只能先想办法离开这里，再找机会跑。

下午学习过后，我找到了汤经理，汤经理一如既往地热情，一番寒暄后，我提到了正事。

“这几天的学习我进步了很多，也想安心做行业，赚点养老金。”

“嗯嗯，现在的行情很好，我们的事业也处于快速上升期。”

“对对对，我家里有十万块存款，想自己先买点，再动员身边人也加入进来。”

“好，这就对了，早买早赚，多买多赚。”

“我出来的时候现金都花光了，也没带银行卡，电话也坏了，这钱咋打过来呢？”

“打在我的卡里吧。”

“你是不知道，我家里人把钱看得跟命一样，喊他们把钱打给不认识的人，还不如杀了他们。”

“这样吧，我带你去办一张卡，到时候把钱打在你的新卡里。”

“嗯嗯，行。”

汤经理拿上了我的身份证，和我出门了，身后跟了两个老员工和之前的助理。汤经理全程与我寸步不离，我们一行五人绕着小道，来到了一个偏僻的农业银行。这个位置人流量小，应该是他们早就踩过点的。

我坐到柜台前，汤经理和助理站在我身后，两个老员工站在门口，汤经理主动和里面的工作人员搭讪道：“您好，办一张储蓄卡。”

工作人员递出一张单子，让我填。

我刚接过单子，汤经理就把头凑了过来，这样做无非是怕我在单子上写求救信息。

我填好了单子，递给工作人员，对方接过单子开始往电脑里录入。

片刻后，工作人员敲了几下键盘，回头说道："稍等一下，电脑卡了。"说完，低头整理了一下线路，便到后台去了。

汤经理微笑着点了点头，大约两分钟后，柜员回来了，对着电脑继续办理业务。

五分钟后，外面来了一辆警车，下来一群警察，他们将银行的门口堵上，一位警官走到我面前。

"是你报的警吗？"

"是的。"

"谁做传销？"

我指了指汤经理和随行的三人，警察大喊一声："都给我铐上。"说完从腰间掏出手铐，一把铐住汤经理。汤经理想要挣脱，却又不敢动作太大，边微笑边解释道：

"警察同志，你们误会了，我们不是做传销的。"

"回派出所说去。"

汤经理一行被带走后，我向警察详细说了老周他们所在的地方和有关情况，不到半小时，就给他们来了个连锅端。

9

在民警的耐心解释下，被骗的人基本都认清了传销的真面目。仍有几个中毒较深的，坚信他们不是被迫害，并要为传销事业奋斗终生。

回家的路上，老周一直没和我说话，我也懒得理他。就这样僵持了一小时，他终于憋不住了。

"我就奇了怪，你是怎么报的警？"

"真想知道？"

“是的。”

“好吧，就告诉你，留着你下次被骗的时候用。”

“滚犊子，快说。”

“我在学习的时候，用圆珠笔在右手大拇指上写了‘传销’两个字，在银行填好单子，递给工作人员时再按在单子上，把字印上去，他们站在我面前也察觉不了。”

“哟呵，真有你的。诶？你说我是不是中邪了，怎么会被传销给骗了，真是聪明一世糊涂一时。”

“传销组织玩的就是个心理学。”

“和心理学啥关系？”

“我就再让你长长见识，免得以后再被骗。”

“废什么话，快说吧你。”

“传销组织的洗脑初级阶段，主要运用了两个心理学效应：第一是首因效应，指最初接触到的信息所形成的印象对人们以后的行为活动和评价的影响，人与人第一次交往中给人留下的印象，在对方的头脑中形成并占据着主导地位；第二是过度理由效应，为了使自己的行为看起来合理，人们总是喜欢为发生过的行为寻找原因，在寻找原因的过程中，还往往是先找那些显而易见的，如果找到的理由足以对行为作出解释，人们也就不再往更深处追寻了。只要他们稍微偷换一下概念，把人的心理欲望挑起来，那些荒诞低级的谎言很容易就被人接受了。

“后面集体的学习、工作、生活无非是集体催眠，卸掉理性防御和攻击道德意识，让你潜移默化地接受他们灌输的一切，为他们赚钱，这就是汤经理和万姑娘给你下的迷魂汤。”

“我当初就不应该信他们这套，硬跑。”

“没那么简单，你来的时候他们一顿饭就把现金给你花光了，再把你的身份证收起来，门口随时有人守着，再加上老员工的监督，想跑还是很难的。”

“诶，还好我聪明，及时看清了他们的真面目，你看那群人里，仍然有人执迷不悟。”

“警察说了，三个月前，他们在柳州就被抓过一次，为了转移根据地才搬到这里来的。那个助理的朋友回老家找钱去了，估计过段时间还会重操旧业。”

“这是为什么呢？瞎吗？”

“这些人很难或者不愿意认清现实，是因为他们面临着一个人们最不愿意面对的事情，自我否定。”

10

聊了一大堆，后来我突然想起一件事。

“对了老周，当初我手机是被你们藏起来的吧，怎么没给我？”

“你还好意思说，那晚你非要显摆你的新手机能防水，顺手就丢锅里了，修不好了。”

“啥？！可我手机是真的防水呀。”

“确实防水，可不耐高温呀，你是往火锅里丢的。”

“你大爷的……赔我手机！！！”

算什么男人

“你老伴儿在哪儿呢？”

“他呀，有缩阳症，这会儿不知道死哪儿去了。”

“具体咋回事呢？能不能说说。”

“他呀，真不是个男人，那个东西快跑到肚子里去了，说再不治疗就会死，把老家的房子卖了，到处寻医问药呢。”

1

平日里下班后，没啥事的话我都喜欢去逛逛菜市场，跟街坊们打打招呼，拉拉家常，听老太太们聊张家长李家短，看老哥哥们下象棋抖空竹。

每天下午六点，黄老太都会准时提着音箱在广场上拉大旗立山头，她是广场舞领舞，在最前面带大家，后面的人都跟着她跳。不知道为什么，黄老太最近出现得少了。以为她有什么事，便想着问候一下。发微信，不回，打电话，给挂了。

我俩也是闲着没事儿，一路溜达着去了她家，心情不好的话也顺便安慰一下。

敲了老半天门，才有人打开，开门的是黄老太的闺女，闺女看了我们一眼，热情地打了招呼，转身对着书房喊道：“妈，接客。”

老周抿着嘴笑道：“哟，老黄家这么好客吗？”

过了好一会儿，黄老太终于出来了，手里拿着手机，插着耳机线，眼神就没离开过屏幕。黄老太往沙发上一躺，继续看着手机，说道：

“来啦？”

话音刚落，她对着屏幕说道：“是我的朋友，好几天没见面了，来看看我。”

老周和我很纳闷儿。

“老郝，她在跟谁说话呢？”

“不知道，可能是在视频聊天吧。”

这时黄老太突然大声说道：“感谢我孙哥送的火箭，大家给我孙哥走一波关注。欢迎新进来的朋友，喜欢的朋友麻烦加一下关注。”黄老太极尽温柔地说道，然后对着手机各种感谢关注，各种粉丝互动，可能觉得不应该冷落了我们，她便生硬地尬聊道：

“来了啊。”

“老郝说好几天没见着你了，就顺路过来看看。”

“咋啦？我还能被绑架了咋地。”

“没人做这赔钱买卖。”

“你说啥？”

“我是说，绑你是个好买卖。”老周笑嘻嘻地回答道。

黄老太没理他，继续对着手机说道：“感谢我张哥刷的游艇，我张哥最给力了，老妹儿可稀罕了。”

我走到她闺女旁边，小声问道：“你妈这是干吗？”

闺女抱着手，叹口气说道：“没看出来吗，直播，一天到晚地给人家跳舞刷礼物，你说她也不差这点钱，图个啥。”她闺女一脸嫌弃，我和老周一脸懵逼。

黄老太这时突然坐起来，手指着屏幕大声说道：“你们告诉‘舞之魂’，有种就和我连线PK一下，是骡子是马大家拉出来遛遛，别在背后阴阳怪气地捅刀子。”

我不解地问：“‘舞之魂’是谁？”

闺女摇摇头，欲言又止，看我等着回答，便又说道：“‘舞之魂’是另一个主播，也是跳广场舞的老太太，她俩是死对头，整天在网上诋毁对方，我天天下班回家都要听她在那儿叫嚣，这日子谁过谁知道。”

“那她说的连线PK又是什么？”

“是直播间的活动，两个主播可以连线PK，通过收取礼物进行比赛，主播需要不断地鼓动粉丝来刷礼物增加星光值，把对手PK下去。”

“怎么找到那个‘舞之魂’，你给我看看呗。”

我赶紧下载了这个直播APP，闺女给了我“舞之魂”的ID，找到了传说中的“舞之魂”。

“好，终于敢应战了，明天上午十点，准时PK，不敢来就永远退圈，从这个平台消失。我的粉丝们给点力，多刷点游艇，关键时刻咱别差事儿了。”黄老太结束了直播，坐在那里气得捶胸顿足。

老周笑嘻嘻地说道：“哟，谁吃了熊心豹子胆惹恼了黄老师？”

“还能有谁，那个‘舞之魂’呗。”

“你们认识吗？”

“谁认识她，整个儿一神经病，我都怀疑她是老郝的患者，飞跃疯人院吧。”

“你们是怎么结下梁子的？”

“谁跟她结梁子，我俩都是最近才玩的，她见我粉丝涨得快，人气比她高，就在直播的时候挤对我。说真的，她跳的舞，连广播体操都算不上。眼看跳舞没着落了，就开始打苦情牌，说她老公得了什么治不好的怪病，不光做不成男人，还可能丢性命，天天在那里装神弄鬼地吓唬人。”

我接话道：“什么病？”

“不知道啥病，我没那工夫听她在那儿瞎说。苦情牌不好使了，就开始说我不如她身段好，气死我了。老周，你说我是身段不好吗？”

“30年前挺好的。”

“你们都给我滚。”黄老太推着我和老周出门了。

2

正好今天老周和我值班，我俩散了会儿步，便往医院走去。到了办公室，闲来无事，我打开了直播软件，看到“舞之魂”还在直播，便进了直播间，看了起来。

“舞之魂”看起来差不多50岁，穿得五颜六色的，上身是一件红色小棉袄，脖子上系着一条粉丝巾，戒指、手镯、耳环、发钗能戴的都戴了，指甲、口红、眼线、眉毛，能画的都画了，脸上的粉厚得都可以刮下来。简直是隔一会儿就跳一段舞，跳的基本上是普通广场舞，只是动作夸张一些。

直播间隙的时候主播会和粉丝聊天，这时候有粉丝问“舞之魂”：“你老伴儿在哪儿呢？”

“舞之魂”说道：“他呀，有缩阳症，这会儿不知道死哪儿去了。”

这就是黄老太说的怪病吧，我感觉她并不是开玩笑，便发了一条信息。

“具体咋回事呢？能不能说说。”

这条信息很快就被淹没在了聊天信息里，她似乎没看见，于是我又问了两遍。

她终于看到了，淡淡地回复了一句：“他呀，真不是个男人，那个东西快跑到肚子里去了，再不治疗就会死了，把老家的房子卖了，到处寻医问药呢。”

“那他现在在哪里？”

“不知道，之前还在河南，说要去找什么高僧，也不知道治好没有，神神道道的，家里人都习惯了。”

我很想知道她老公的情况，想和她再细聊一下，便发信息要她的微信。

“能不能加个微信？”

“行，你先送一个游艇给我，加微信，送你大尺度照片。”

“还要送游艇？你会开吗？”

别的粉丝看不下去了，便留言道：

“这兄弟新来的吧，刷游艇就是送礼物。”

我顺着界面先充值，再刷了一个游艇，终于操作成功了，“舞之魂”也私信了我她的微信号。

我退出了直播间，打开微信，加了微信号，不一会儿对方就通过。

她发过来一段语音：“你先等等，我这就结束直播，给你大尺度照片。”

十分钟后她发过来信息：“在吗？”

我回复：“在。”

“等着，我这就给你发照片。”

随着一声系统提示，我打开和她的对话框，一张照片赫然眼前。

我：“你这尺度还真大。”

“那当然，我不喜欢欺骗别人。”

“行了吧老妹儿，我给你来一张更大尺度的。”

我拍了一张照片，刚发过去，老周突然破门而入。

“好，郝文才你个老小子挺会玩儿，幸亏我在外面守你这么久，这下藏不住了吧，你小子不安分，这又是送礼物又是大尺度的，咋啦？第二春来啦？”

“那你要先看清楚，我发的是啥。”

“还用看吗？恶心，大尺度呗。”

“是吗？看清楚再说。”

老周拿过手机一看，聊天记录上，“舞之魂”发了一张50cm的大尺子照片，我发了一张卷尺的照片。

“这，这就是，大尺度？”

“没错，这尺子够大吗？”

“那什么，你，你先玩儿，我还要去巡逻呢。”

说完老周一溜烟儿跑出去了。

3

老周走了后，我也没和“舞之魂”磨叽，直接拨通微信语音聊天，问她我关心的事情。

“说说你老公的事情吧。”

“你不生气？”

“生什么气，我是精神科医生，今天也是偶然机会才玩的这个直播软件，不然怎么会不知道怎么送游艇呢。”

“那你加我微信干吗？”

“我是听你说起你老公的恐缩症，想再了解一下，就这么回事儿。”

她迟疑了一下，可能觉得我没有恶意，便打开了话匣子。

“我也不太清楚，他第一次犯病是三年前，那天下午我刚刚买完菜回来，电视里播放着关于猪瘟病的新闻，我老公就有点惊慌失措，满头冒汗，紧接着就在家里来回走动，翻箱倒柜，不知道在找什么东西。后来找了一节红绳子，用红绳把命根子绕十多圈捆住了，然后右手一直用力拽着红绳，在房间里喘着粗气来回走动，就这样闹了40多分钟。后面也发过病，严重的时候整个人都倒地上抽搐。

“我说让他去治疗，他坚决不去，说是医院治不好的，怎么劝都不管用。反正给人一种见不得人的感觉，偶尔听到我老公说过，他小时候身边有很多人得这病死了，好像是因为吃了不干净的东西。我老公自尊心特别强，性格也内向，问多了就冒火，发病之后他到处寻医问药，还找了一大堆偏方符咒，整个人都神经兮兮的。”

“你老公老家是不是广东福建那一带的？”

“是的，祖籍广东汕尾。”

“能不能说说他父母以前的经历。”

“他父母刚结婚那会儿在新加坡倒卖茶叶，后来改做餐饮生意，卖一些茶点小吃，老一辈脑子够用，又特别能吃苦，日子过得还凑合。他小时候也和父母在新加坡住，后来不知道什么原因，大概到了读书那年，全家人就回了广东。”

“你老公和他家人是不是学历都不高？”

“嗯，他家做的都是市井生意，没啥文化，他小学那会儿经常被同学欺负，成绩也不好，到了五年级就没读了，家里也不反对，正好帮忙打理餐馆。咦？你是怎么知道他祖籍和学历的？”

“因为我是医生。”

“你是医生又不是侦探，怎么知道这么多？”

“这事儿要从1967年说起，那年5月初，马来西亚的柔佛暴发猪瘟，马来西亚政府一个月后公布，一共只死了十只猪，情况都在控制之中。可事实并非如此，直到7月初，死猪已达600多头，并迅速蔓延，引起了人民恐惧。政府再三强调猪瘟不会猪传人，人类不会受感染，希望人民不要恐慌，并为猪注射疫苗。可是猪瘟情况并无改善，至10月中旬，坊间传出吃猪肉会导致Koro，这是南洋土话，意为‘缩阳’。尤其是华人聚居地，恐慌情绪急速蔓延。很快传言就演变为，不吃猪肉的人也会患缩阳症。”

“这缩阳到底是什么？真有这么邪乎？”

“缩阳症又称恐缩症，是以恐惧生殖器缩入体内致死的恐怖焦虑发作为特征的一种与文化相关的综合征。是一种亚文化性精神障碍，一般发作在30分钟以内，少数患者在较长时间内频繁发作，发病时患者先感恐惧、焦虑、心烦意乱、濒死感等症状，数分钟后觉胸闷、气促。男性病人自感阴茎麻木、抽动感、发凉或疼痛；女性病人则感阴部发凉、乳头收缩。”

“就是就是，他发作那次可把我吓惨了，脸色苍白，坐立不安的，两只手捂在裤裆里，自言自语的也不知道在干吗。”

“这是因为患者极度害怕自己的生殖器等缩入腹内或乳头内缩而死亡，所以会表现为极度焦虑、紧张、恐惧，有濒死感。患者多为男性，约占81%，部分患者由于受封建迷信熏染及对性知识缺乏，可在精神刺激及暗示作用下诱发。”

“哦哦，那我老公怎么这么多年后才发病呢？”

“你老公当时就住在华人聚居地里，那一年他还没读书，这种恐惧应该在他心里一直挥之不去，再加上读书少没啥文化，性格又内向，肯定后来受了什么刺激，逮着机会就被诱发了。”

“这个缩阳症只有外国才有吗？”

“不是的，此病多见于马来西亚、新加坡、泰国、印度等国，我国广东、海南等地也有，北方地区罕见。”

“怪不得你问我老公是不是广东福建人，这病是近年来才有的吗？”

“并不是，1949年后海南先后有六次恐缩症流行，1984年那次在广东、海南发生缩阳症，波及16个县市，罹患人数超过3000人。”

“医生你说这病能治好吗？”

“能，很简单，这病和低文化水平有关，提高民众素质是预防的关键，有文化懂科学，自然就不会疑神疑鬼的了。让他了解性解剖生理和性心理知识，消除其焦虑和恐惧，形成对性功能、性生活的正确认识，同时也可以做一些暗示治疗，你有时间的话带他来医院找我吧。”

“好啊，你啥时候在医院呢？”

我本来今天值夜班，明天休息，可想起明天上午黄老太和她的“世纪大PK”，还是化干戈为玉帛吧。

“我明天上午十点在，你那时候过来吧。”

“好嘞。”

“我记得你说过要和谁PK来着。”

“P啥K，老伴儿的命根子要紧。”

“好的，明天见。”

4

我挂了电话，刚倒了一杯水，老周一推门猛地进来了。

“哈哈，这回被我抓到了吧，居然聊‘命根子’，我可是听得清清楚楚，我这还有录音呢，上班时间打色情电话，赶紧给封口费，不然我曝光你个色魔。”

“又来了，你怎么老站在我门口偷听我说话？”

“老实交代，你聊的是啥？”

“‘舞之魂’的老公有恐缩症，我给她讲了讲这个病。”

“这有啥好讲的，恐缩症嘛，谁不知道呀。”

“哦？那你说说咋回事？”

“很简单，热胀冷缩嘛，恐缩症就是怕命根子太凉了，冷缩。”

“哦，那要怎么解决呢？”

“穿厚点的内裤就可以了。”

“哦，还是你有经验！”

“那可不，我年轻那会儿冬天在北方待过，冷缩了特别难受，尿的都是冰棍，所以我一直到现在都穿厚的棉内裤。”

“今天你也穿厚的棉内裤？”

“是呀，不信？我给你看。”

说罢，老周就开始解他的腰带，这时候院长突然推门而入，三人面面相觑，场面一度十分尴尬，空气凝固了一分钟，院长终于说了句：“打扰了。”然后关门走了。

“院长，等等我，不是你想的那样。院长，院长。”

12个我

我与12个我在这里相遇，

我们素未谋面，

却也似曾相识。

乌鸦

“你知道你的八哥为什么不说话吗？”

“为什么？”

“因为，它是一只乌鸦。”

1

“那天的经历，现在想起来都浑身发怵。那年我6岁，那天中午，爸爸和妈妈吵得很厉害。爸爸点了一根烟，在抖烟灰的时候顺手抓起烟灰缸砸向花盆，花盆碎了一地，地上满是泥土、花草和碎陶片，嘶吼着喊妈妈滚出去。妈妈哭得很厉害，拉着我踏过地上的泥土和陶片，推开门进了电梯，我们上了一辆出租车，妈妈故意回避我的眼神，转头看着窗外，一直在哭。车开了大约一个小时，到了外婆家楼下，妈妈整理了一下头发和衣服，就拉着我上楼了。”

讲话的人叫马铭，身着一件蓝色冲锋衣，知道的清楚他是一个码农，不知道的还以为是送外卖的。马铭话很少，喜欢看别人聊天，除非问到他，否则基本上不插话。

一个月前，我院办了一期关于抑郁症的科普辅导课，我是组织者和授课老师，网络报名大概有50人，效果很好。后来大家建立了微信群，经常在里面谈天说地交流心得，氛围很好。

一周前，马铭偶然在群里提到了自己的恐惧症，其间又有几个人聊起了自己的恐惧症，这几人拉了个名为“反恐特战队”的小群，成员有马铭、猫哥、凉凉、小骨、太皇太后和我，马铭是群主。

他们5人相约这周六组织一次“反恐特战实弹演习”，其实就是几个恐惧症患者在一起喝茶聊天。因为周末我值班，索性就把地点选在我们医院的二楼心理咨询室。

中午一点左右，人基本都到齐了，一阵招呼和玩笑后，我提议大家都说说自己的恐惧症“黑历史”，马铭开始自告奋勇，第一个讲起了自己的恐惧症经历，也就是开头那一段。

“妈妈戴着黑框眼镜，跟没事儿人一样和别人打着招呼，要不是衣服上的泪痕，谁能想到她十分钟前还泪流满面。我们走到了三楼，刚到楼梯口，迎面走来一位叔叔，热情地和妈妈打着招呼，叔叔夸妈妈还是那么漂亮，跟高中的时候一点都没变。后来他们聊了很多，那个叔叔刚离婚，看样子过得不错。他问我妈过得怎么样，我妈只是说了句还行，然后就拉了拉我的手，让我喊叔叔，我喊了。

“那个叔叔摸着我的头，说真是个好孩子，我还没反应过来，他就凑过来亲了我一下。他的胡子可能刚刮了没几天，胡楂特别硬，扎得我好疼，就像脸贴在仙人掌上一样，我当时忍住了没有吼出来。”

“你为什么没有大叫呢？”太皇太后问道。

“我那时候觉得吧，我妈难得心情刚刚好了一点，不忍心再让她和老同学解释半天，可扎得我是真疼。从那以后，我就有了胡须恐惧症，但凡有胡楂的人站在我面前，我就心里发怵，脸上火辣辣的，跟针扎一样。”

2

“下面我来吧。”小骨放平了跷起的二郎腿，她在一家设计公司工作，一身牛仔服显得特别精神。

“当天的事真是邪门儿，那天我生病了，发烧39度，整个人都是迷迷糊糊的。吃了药也没见好转，我妈急得团团转，到处打电话寻医问药，后来我大姨推荐了一位推拿师傅，说之前他家孩子也是高烧不退，按几次就好了，我妈赶紧打电话请师傅过来。我那会儿脑袋都烧晕了，感觉身上的每一寸皮肤都特别敏感，风吹过皮肤的划痕都能感受到，一闭上眼睛，脑子里都是些以前的事，从上幼儿园到会走路，我还能看到我妈给我喂奶。”

“你看到你妈给你喂奶？第三人称视角？”太皇太后问道。

“是的，就像拍电影一样。时间一直回溯到出生之前，我在妈妈的子宫里，通过脐带和妈妈融为一体，我甚至能通过脐带，感受到妈妈怀我时的喜悦和分娩时的担忧焦虑。”

“我滴乖乖，跟科幻片儿一样。”

“太皇太后，您能不能安安静静地看片儿？哦不，听故事。”猫哥打趣道。

“那种感觉太真实了，就在我沉浸在那种感受里的时候，隐约看到一个模糊的身影离我越来越近，他坐在床边，我耳畔响起搓手的声音，突然我妈手拿一只玩具泰迪熊，咋咋呼呼地推了一下门，推拿师傅一回头，一只手指突然触摸到我的肚脐，那种感觉特别冰凉和刺痛，就像冰块丢在肚脐上一样，我仿佛在时空隧道里被光速抽离出来，所有画面都离我远去，我猛地睁开眼，看到一个白大褂正在给我揉肚子，我瞬间就哭得稀里哗啦。又折腾了好一会儿，我坚决不配合推拿，推拿师傅见状只好走了。

“他走后，我肚脐的冰凉刺痛感却久久没有退去，那种感觉深深地印在了脑子里。从那以后我再也不敢触摸别人的肚脐，也不敢让别人触摸自己的肚脐，有时候一看到或者一想到肚脐就会感到恐惧，就是现在的肚脐恐惧症喽。”

3

可能是小骨声情并茂的讲述太有代入感，现场的气氛稍显凝重，我给他们的茶杯挨个加了水，缓和一下气氛。

我也喝了口水，端着茶杯说道："别都愣着啊，该谁了？"

"郝医生，我来吧。"

说话的是凉凉，一个看起来很斯文的小姑娘，在群里话也很少。

"我一辈子都忘不了这件事，那天正好是我生日，爸妈说好了带我去海族馆玩，我激动得不得了，爸妈也特别高兴，收拾好后准备出门，我冲在最前面。上车后发现我的洋娃娃忘拿了，爸妈喊我别拿了，我执意要拿，后来我抢过家里的钥匙，自己冲上楼去拿洋娃娃，那是一个破旧的老楼，走廊里的声控灯不怎么灵，光线不是特别好，里面都是租户，楼道里杂物也多，我刚到我家门口的楼梯间，发现垃圾桶盖压着一条腿。"

"腿？"太皇太后微微往后靠了一下，问道。

"是一个洋娃娃的腿，这个洋娃娃脚上还穿着黑色的小皮鞋，小皮鞋的鞋扣上还有蓝色的水晶。"

"妈呀，吓死我了，我还以为是碎尸案呢。"太皇太后拍着胸口说道。

"我当时特别好奇，但又不敢打开，后来还是鼓足了勇气拿开盖子，打开盖子的瞬间，我'啊'的一声尖叫起来。"

"哎呀妈呀！"这一声尖叫把太皇太后吓得猛地后靠，差点没摔在地上。

"太皇太后，您老能不能别一惊一乍的，没毛病都被你吓出毛病了。"猫哥边扶她边说道。

"好好好，那里面到底是什么？"

"里面是一个浑身是血的洋娃娃，头发、脸上、手上，全是血，那洋娃娃还在对我阴森森地笑。我爸妈听见我的叫声立马冲了上来，问我怎么了，我吓得直哆嗦，指着垃圾桶不敢说话。我爸凑近一看，对我妈说，孩子估计是被吓着了。然后就抱着我回家取洋娃娃，可我再次看到自己的洋娃娃的时候却总是喜欢不起来，我觉得他们的笑容都很阴森。结果那天哪儿也没去，我爸把家里所有的洋娃娃和毛绒玩具都清走送人了。我再也不敢直视洋娃娃和别的人型玩偶了，也就落下了这玩偶恐惧症。"

4

"我突然想起那次，我也是被吓破了胆。"太皇太后环视四周，边摸着手上的镯了，边回忆道，"那天家里就我一个人，我想在阳台边上的花盆里挖蚯蚓，然后在鱼缸里钓鱼。"

"太皇太后挺会玩啊。"猫哥打趣道。

"哼！那可不。"太皇太后一噘嘴，继续说道，"花盆里有杂草，我先拔草，谁知道里面有一把倒插在土里的小刀子，我一把按在刀尖上，可疼死我了，手心被扎了一个小洞，慢慢开始渗出血。我慌了，起身的时候脚一滑，又脸朝花盆摔了一跤，眼睛差点插在刀上，眼球距离刀尖可能就一厘米，我都能清晰地看到刀尖上刚才的血迹。我急忙去客厅找创可贴，没找着，还打翻了几个瓶瓶罐罐，我边舔着血边哽咽着，用纸巾压着口子，血越流越多，感觉血快要流干了，我怕死的时候会很冷，就躲在衣柜里，过了大概半小时血才不流了，一个小时后爸妈才回来，他们也不知道哪儿来的刀子，因为这种刀我家压根儿没有。"

“所以你患上了幽闭恐惧症？”

“没有，啥幽闭恐惧症，我是恐尖症，凡是尖的东西，都害怕，刀、针、牙签都怕，既怕自己戳到别人，也怕别人戳到我，那天被刀扎的痛楚，和摔倒时差点被刀尖插眼球的恐惧现在都记忆犹新。”

太皇太后打了个冷战，摇了摇头，说：“我说完了，该谁了？只有猫哥没说了吧。”

5

“我啊？我是乌鸦恐惧症。我是无神论者，啥鬼怪都不怕，唯独怕乌鸦。”猫哥收了收他的大肚子，手在肚子上轻揉的样子活像一只加菲猫。

“怕乌鸦？”

“是的，看着乌鸦就害怕，怕乌鸦啄瞎我眼睛。那时候我们家在楼顶办家庭聚餐，来了很多亲戚。我爸爸是厨子，他摆了个烧烤架，在那儿烤肉，小朋友们都围着他，看他烤肉，烤一片抢一片。我爸烤出来的都给了他们，我等了好久啥也没有吃到，那会儿觉得挺失落的，正好一只乌鸦飞过来停在阳台上，那只乌鸦是白色的嘴，我印象特别深刻。我当时生气，拿起石头就朝乌鸦扔了过去，乌鸦被砸到后扑腾着翅膀飞走了。我就坐在天台边的栏杆下看小人书，后来我爸终于给了我一份烤肉，还蹲下悄悄告诉我，这块比他们的都大。我乐呵呵地拿着刀叉切了一块，正准备吃，突然那只乌鸦又飞回来了，在我脸上扑腾了一下，不知道是爪子还是嘴，在我脸上一顿划拉，脖子上都是血道子，然后把我的肉叼走了。”

“啥？乌鸦还吃牛排？”太皇太后惊讶道。

“谁知道呢？把我吓得够呛，手里的盘子和刀叉全从天台上掉下去了。然后我就与这乌鸦恐惧症结缘了。要是看到乌鸦，我浑身就起鸡皮疙瘩。”

6

太皇太后：“郝医生，就差你了，你有啥恐惧症？”

我：“我没有，非得找的话，那就恐穷症吧。”

太皇太后：“恐穷症算了吧，我看你有恐秃症吧，哈哈哈哈。”

我：“我没头发好多年了，早习惯了。”

猫哥：“郝医生我看你现在这样挺好的，要是你满头黑发，我得多不习惯，乍一看，像一只乌鸦蹲你头上，还不得吓我个半死。”

太皇太后：“猫哥你那会儿多大？被一只乌鸦弄成这熊样儿。”

猫哥：“我想想，8岁半吧，半年后我们家就搬离了那里，那时刚好9岁。那时啥也不懂，还经常在天台上往楼下住户的鱼缸里撒尿玩儿呢。”

太皇太后：“哈哈哈哈，你是不是往我家鱼缸尿的？我小时候家里的金鱼老是死，我爸说是水不干净，老实说是不是你干的？”

猫哥笑着说：“怎么可能，我都不住在这里，那时候住在人民公园红星小区。”

太皇太后：“嘿！你还别说，我也在那里住过一段时间，我爸那会儿在灯管厂上班，就在那里租房子，住了半年。”

凉凉：“诶诶诶！我家也在那个小区住过，那里都是出租户，小区门口有一个卖冰糖葫芦的老太太，她家的冰糖葫芦特别好吃，山楂特别大。”

小骨：“这么巧吗？我家也在那里住过诶，那个卖糖葫芦的老奶奶我知道，有一次我的糖葫芦掉地上了，她又送了一串给我呢，人特别好。”

这下现场可炸开了锅，大家你一言我一语地说着红星小区的趣事。

凉凉：“那个小区现在还在吗？咱们真该一起去找找童年呀。”

猫哥：“早就拆了，改修了商品房。”

太皇太后：“是的，我记得是2000年的夏天在那里住的，这一晃都18年了。对了，凉凉，我小时候也喜欢洋娃娃的，我家也有一个特大的洋娃娃。”

凉凉：“得了，你还是别提洋娃娃了，听到这三个字我都瘆得慌，当时吓我的娃娃足足有一米长，满脸血渍还冲我笑，啧啧啧，算了不说了不说了。”

太皇太后：“不过我也就有那一个洋娃娃，后来被扔了，就在我被扎的那天。”

凉凉：“为什么被扔呢？”

太皇太后：“那天我手出血，不是在找创可贴吗，跳着抓电视柜上的杂物篮，谁知道里面有一瓶番茄酱，手一滑篮子摔到了地上，番茄酱也泼了一地，一旁的洋娃娃也掉在了番茄酱上面，我爸妈回来收拾，觉得洗不出来了，就给扔了。”

凉凉：“我看到的洋娃娃会不会是你家扔的？你住几楼？”

太皇太后：“六楼，不会这么巧吧，我们家住了一周就搬走了，你呢？”

凉凉：“我住五楼，你那个娃娃什么颜色的？”

太皇太后：“我想想，头发是金色的，裙子是粉色的，鞋子和你说的一样，黑色的。”

凉凉：“它的手上是不是绑有蓝色的丝带？”

太皇太后：“是呀，我记得很清楚，我9月29日的生日，那是我前一天过生日时扎蛋糕盒子的丝带，真是同一个娃娃？对不起，对不起。”

凉凉：“没事，这又不能怪你。”

小骨：“等等，太皇太后的生日是9月29日，那你俩的事情就发生在9月30日，我见到推拿师傅的时候也是9月30日。”

太皇太后：“这么巧吗？”

小骨：“对，因为第二天我家就搬了，那天正好是国庆节。”

凉凉：“好巧。”

小骨：“凉凉，你妈妈除了洋娃娃，还扔了毛绒玩具是不？有没有一只泰迪熊？棕色的。”

凉凉：“是的，我妈说扔了一些，有的就随手送人了，不会是你妈妈拿了泰迪熊吧。”

小骨：“就是，就是那只泰迪熊，送给我妈妈了，她当时很高兴，以为我会喜欢，所以就推门而入，结果惊着了推拿师傅，推拿师傅才触摸到我的肚脐。”

许久没有说话的马铭坐不住了，说道：“你们都在说什么？哪有这么巧？”

小骨：“马铭，你别不信，这都摆着的事实。”

马铭：“那总和我没关系吧。”

小骨：“等等，马铭你被怪蜀黍亲是啥时候？是不是9月30号，中午一点左右？”

马铭：“大概是那会儿，几月几号我记不清楚。”

小骨：“那个怪蜀黍是不是提着个棕色箱子？”

马铭：“好像是，可没有穿白大褂，他穿的是一件灰色的夹克。”

小骨：“给我推拿的师傅进门就是穿的灰色夹克，推拿开始的时候才穿的白大褂。”

马铭：“不会不会，哪有这么巧。”

太皇太后："行啦，你那会儿都烧迷糊了，兴许记错了呢，哪有这么多巧合。"

小骨："我记得那个师傅是复姓，欧阳。你妈妈应该知道，你可以问问是不是同一个人。"

马铭犹豫了一下，还是决定证实一下，便掏出手机，给他妈妈打了电话："妈，问你个事儿……"

他挂了电话，一脸惊愕地看着大家，然后点了点头。

"卧槽！不会吧。"太皇太后拍着大腿大叫着。

大家就像对剧本一样，核实着当天的细节。

一旁的猫哥慢慢地举起手，说道："太皇太后，你那天被扎的刀，应该是我掉下去的。"

太皇太后："你是说你被乌鸦惊吓的时候掉下去的刀子？"

猫哥："嗯。"

太皇太后："那不是餐刀，是水果刀。"

猫哥："就是水果刀，我最后一个吃的，没有餐刀了，就用的水果刀。"

"卧嘞个大槽！不会吧。"太皇太后跳起来大叫道。

真让人难以置信，我在一旁简直哑口无言，我总结道："等等，我来给你们捋捋。猫哥在楼顶吃饭，被乌鸦叼了肉，有了乌鸦恐惧症。"

猫哥："嗯。"

我："猫哥的水果刀掉在太皇太后家的花盆里，扎了太皇太后的手，太皇太后有了恐尖症。"

太皇太后："是的。"

我："太皇太后找创可贴打翻了番茄酱，并沾在了洋娃娃上，丢娃娃在垃圾桶里，吓到了凉凉，凉凉有了玩偶恐惧症。"

凉凉："嗯嗯。"

我："凉凉的爸爸清理玩具，送给了小骨的妈妈一只泰迪熊，小骨妈妈推门的时候惊了推拿师，小骨有了肚脐恐惧症。"

小骨："是。"

我："推拿师提前回家，遇到了马铭的妈妈，然后亲了马铭，马铭有了胡须恐惧症。"

马铭："是这样的。"

我："难以置信，这一切的一切竟是因为一只乌鸦。"

大家开始各种细节描述，各方信息汇集在一起，更加证实了那天发生的一连串巧合。

7

大家又聊了很多童年的趣事，到了五点左右，便纷纷离开了。我收拾屋子的时候老周恰巧过来了，手里提着一只套着布罩的鸟笼。

"哟，老郝，这么勤快啊！"

"滚一边去。"

"看我这鸟咋样？越南八哥，也叫鹩哥，刚买的，好几千呢。你得亲眼看看，这毛色这嘴，极品。"

老周准备打开布罩给我看，被我一把推开了。

"你就不怕我给你放了？"

"你说你这人，放了多可惜，还不如吃了，吃了还可以小补一下。"

我突然想起今天的事，便问老周："你养过乌鸦吗？"

"谁养乌鸦，那玩意儿黑黢黢的，多晦气。"

"哦。"今天是有点惊吓过度，是我多心了。

"不过，八哥我以前倒养过一只。"

"嗯？"

“那玩意儿养了小半年，啥方法都用尽了，就是不说话。那天我实在没耐心了，就想杀了炖汤喝。当时刚从笼子里取出八哥准备放血的时候，那家伙突然啄了我一口，流了好多血，从那次我就患上了血液恐惧症，见到血液就会晕厥，治了这么多年才基本痊愈，现在想起这事儿我都来气。”

“话说，鸟飞走的时间是不是2000年国庆的时候？”

“是2000年国庆前一天，每年10月1日是赛鸟会，我本来名都报了，可第二天就是赛鸟会了，它还不会说话，我一气之下才想炖了吃了，是9月30日那天飞的。”

居然这么巧合，听得我后背直发凉，问道：“那只八哥是不是白嘴？”

“对对，是的，卖家说是极品，日本话都学得会。”

“知道你的八哥为什么不说话吗？”

“为什么？”

“因为，那就不是八哥，是一只乌鸦。”

“啥？乌鸦？你咋知道？”

“当年，你那只乌鸦飞走后，在人民公园红星小区的楼顶抓伤了一个小孩，给那个孩子造成了乌鸦恐惧症，并且间接导致同一栋楼另外四个小孩有了不同的恐惧症。”

“说什么呢，跟我唱大戏呢？什么恐惧症。”

“把这布罩打开。”

老周看着我，有点摸不着头脑。

我急了，吼道：“打开，快点。”

老周将鸟笼放在桌子上，拉起布罩，一只白嘴乌鸦站在横杆上，一动不动地盯着我俩。

“老周，赶紧把它放了。”

“凭什么？我几千块买来的，说放就放呀。”

“你看清楚了，这是乌鸦，白嘴乌鸦，不是鹩哥，和当年那只一模一样。”

“大爷的，我找卖家去。”

“人家早走了，赶紧放了吧。”

“不放，我吃了也不放，就是当年那只鸟害得我有了血液恐惧症，今儿非得出这口气不可。”

我也不管那么多，直接动手抢过鸟笼，准备打开放了乌鸦。老周跟过来和我抢，我刚好把笼子打开，乌鸦欲窜出来，老周急忙伸手去抓，乌鸦猛回头狠狠地在老周手上啄了一口，然后扑腾着翅膀跑了。

老周望着手上的两个血窟窿，“啊——”地大叫一声，翻了个白眼，晕倒了。

我扶起老周坐在凳子上，窗户外传来一阵翅膀扑腾的声音，抬头看，那只乌鸦立在树枝上，斜着脑袋望着我，然后朝人民公园的方向飞去了。

确认过眼神

“如果给你一次肆意的机会，你会如何对待你的相亲对象？”

“我俩刚见面我就一个过肩摔，硬生生把他摔晕了，

以后，就再也没有人给我介绍对象了。”

1

“郝医生，我脑袋快要炸了。”

“还有多少秒？跑还来得及吗？”

“不是这个意思，是我妈。”

“你妈要炸？”

“不是的，是我妈逼我相亲。”

“你妈……额，内什么，相亲？”

这个女孩在跟我讲话时浑身颤抖，拍着大腿，几乎要从沙发上跳起来，一双皱眉看得出来她有多焦虑。

“嗯，没完没了地相亲，我妈那叫一个着急。”

“嗯嗯，然后呢？”

“你不知道我妈有多绝！今年过年回家，三天时间相亲了7次，职业从医生、老师、公务员，到记者、白领、餐馆老板和导游。我说没一个看得顺眼的，原以为她会臭骂我一顿，可我发现我错了。”

“她打了你一顿？”

“不，她又找了N多个相亲对象，按照她的意思，总会遇到一个看得顺眼的，我只能笑着相下去。”

“噗……也怪难为她的。”

“我爸妈早年离婚，我妈在家没事做，就等着抱孙子，逮着空就让我相亲。更离谱的是，叔叔阿姨们退休了也都没事了似的，几个人联合起来，到处张罗给孩子相亲。人民公园那边一些老头老太太，自己组织了相亲大会，我妈把我的信息打印在一张画报上，摆在地上，知道的以为是相亲，不知道的还以为是寻找她失散多年的亲人呢。”

2

坐在我面前这个备受相亲困扰的女孩叫小白，她面容姣好，衣着得体，从事健康管理工作，今年29岁，至今单身，按照她的话来说：婚姻自由只停留在25岁以前，25岁以后她面对的就不是婚姻问题了，往小了说是父母的晚年幸福，往大了说是培养社会主义接班人。

初次和小白接触，为了拉近我俩之间的距离，增进信任感，在和她聊天时我故意把话题节奏带得轻松些。她性格开朗，沟通能力也不错，只是激动的时候言辞会缺乏一点理性，表达比较主观，言谈举止都容易给人一种飘忽的感觉。

我想循循善诱，一点点地让她说出自己的经历，然后顺藤摸瓜，对症下药。

3

“哎，一直忙着工作，觉得谈恋爱、结婚这件事顺其自然就发生了，没想到现在还单着。眼瞅着大家都结婚了，自己不仅没有对象，就连相亲对象都全是奇葩。”小白愁眉紧锁抱怨道。

“你这哪是相亲，简直是现场版奇葩说。”

“对！我印象最深的就是我和一个‘孩子’相亲的经历。”

“孩子？”我诧异地问道。

“对！准确来说是大孩子。我们俩当时在一个茶餐厅，天气太热，我就点了一杯冰激凌，我单还没点完，他就说‘我妈说，女孩子要少吃冰的东西，尤其在夏天，冷东西吃多了，对以后生孩子不好’。然后他给我点了杯热茶。”

“这男孩儿挺体贴的。”

“体贴？当天气温36度！喝完汗都出来了！多难受，喝热水，自己在家喝就好了嘛。我心中真的是千万只草泥马在奔腾。”小白激动地说。

“你就一票否决了？”

“没呢，他问我是什么专业，我说我学健康管理的，他又来了。”小白假装推了一下眼镜，然后敲着桌子，一本正经地模仿着相亲对象的语气和神态，说道，“健康产业好。我妈说，找老婆，要么找个学教育的，不愁教孩子；要么找个学金融的，不愁理财；要么找个医生，不愁看病。刚好我爸整天各种应酬不断，有个医生在家，那就不担心身体出什么毛病了。对了，我妈还说，我们要是今年能领证，她全款给我们买套三的婚房，只是，不过……”

小白滔滔不绝地说着，对于她这近乎表白型的多话，我也尽力配合，让她把想说的都说出来。

“他想说啥？”

“他说，他妈特意交代房产证先不加我的名字，等有了孩子再加。他拿我当什么了？郝医生，你说气人不气人？”

“倒没觉得气人，就觉得这个妈宝男特逗，如果我坐旁边的话，肯定笑场，哈哈哈哈。”我真没忍住。

“你听我继续给你讲。”小白又开始了一人扮演俩角色的表演。

“你妈说没，让你什么时候要孩子啊？”

说完这句，她又推了推眼镜，模仿妈宝男的样子说道：“你怎么知道！没想到你们一样着急，我妈说了，今年能要孩子，再送我们一辆车。”

“那你妈有建议你今天穿什么来相亲比较好吗？”

紧接着她右手扯着衣服，模仿道：“那肯定啊，我每周穿的衣服都是我妈一套套按顺序给我放衣柜里的。”

“郝医生你知道吗？我简直无语，甚至觉得我有一个假妈妈！”

“哈哈哈，看来结婚以后，他妈能帮你照顾他。”

“我又不是要嫁给一个儿子！我愣了一会儿，他见我长时间没说话，问我怎么了，我跟他说：不早了，你妈该叫你回家吃饭了。”

“多么可爱的男孩子。按你心仪对象的标准给这个男生打分，满分10分，你会打几分？”

小白思考了一会儿，说：“7分吧，我觉得7分以上我都会考虑继续发展的。”

“那他得分还挺高的嘛。”

“那是因为他还不算最奇葩的。”

“哦？还有？”

“我之前相亲还碰到过一个小公司的Boss。”说这话的时候她眼睛瞪得很大。

“刚刚是相到‘孩子’，这次相到‘爸爸’了？”

“那倒也不是，他大学毕业后开始自己创业，到现在将近9年的时间，公司经营得有模有样的，也算是白手起家，年轻有为吧。”

“这挺好的，励志榜样。”

“最开始和他见面的时候，听他侃侃而谈他的创业史，觉得这人挺有上进心的，虽然话有点多，但也算是口才好嘛，然后感觉整个人也没给我什么怪异感。就觉得可以接触一下。”

“嗯，认识一下没什么坏处。”

“之后我们去看电影，他都没问我的意见，选了一个他认为不错的，可我根本不喜欢。去吃饭的时候也是，不通常是让女生先点菜吗？就算你不想让我点，那最起码应该问一下我的意见，你敢信他直接点了全是油腻腻的菜，唯一一个清爽的还是凉拌折耳根，我丁点儿都受不了那个味儿。”

“这就有点不绅士了，不过我觉得折耳根挺好吃的。”

“呸！”她翻了个白眼，言语也比之前俏皮了不少，现在我俩的对话状态像多年不见的老朋友，更像沙发上抱着抱枕，各种八卦聊天的闺密。

“之后有段时间因为工作太忙，我就没怎么联系他，他每天按时按点地微信问我在干吗，有一两次没回复他，他就不高兴了，说我整天在做什么都没跟他汇报一下！我就愣住了，我爸都没管我这么严！我TM私生活为什么要跟他汇报？”

“这就掰了？”

“还没，完了之后他请我去吃饭。到了吃饭的地方，我就看到他和他一群朋友在喝酒，他也不提前跟我说吃个饭有那么多人！中间竟然让我去给他们倒酒，我说不是有服务员吗？他直接凶我：让你倒你就倒。当时饭桌都安静了，这真的是我第一次感到别人眼里男女地位的差距。”

“这……你倒了吗？”

“倒了！”

“啊？真倒？”

“我倒了他一脸，转身就走。”

此时她的脸上很自然地表现出一种得意的神情，这种放松的状态对我来说是极好的。最真实的表达使我更容易从她只言片语中获取些有用的信息。

“上个月我相亲，还遇到一个保险销售经理，这个把我气得半死。”

“怎么说？”

“那天我们在一家咖啡馆见面，他早早就来了。他人比较随和，穿着也很得体，属于自来熟那种，我们做了简单的自我介绍，开场聊了没几分钟，他那种条件反射的职业病就来了。”

“啥职业病？”

“推销保险，先是告诉我保险有多好，有多重要，后来就给我推销了一款关于孩子的保险，可我根本就没兴趣。”

“后来呢？”

“后来他见我没怎么理会他，就又聊了一些别的事情，聊到父母的时候，他的职业病就又来了。说我父母生病了不需要我掏钱，说人老了总免不了遭遇那些事儿，可能是我真的没有耐心了，当场就怼了他‘你父母才生病你全家都生病’。”

“那时候你是不是心里特别解气，甚至觉得自己反击的不只是这个人，而是相亲这个形式。”

“对！郝医生你简直理解不了我的遭遇，好不容易碰到个人民教师，还一直跟我抱怨小孩子有多不好管多讨厌，这人以后估计会把自己孩子卖了；还有打个专车都喊我AA转账给他的铁公鸡，一见面就说我满身赘肉的健身教练，如此等等，各式各样的人，简直是360行，行行出奇葩。”

她的情况大概清楚了，就没有再给她积极地回应让她继续，小白喝了一口水，放下杯子，默默地摇了摇头。

4

我觉得是时候要让她清楚自己现在的状态了，所以剩下的时间由我表演。

“如果给你一次肆意的机会，你会如何对待你的相亲对象？”

“你别说，那天晚上还梦到相亲了，我俩刚见面我就一个过肩摔，硬生生把他摔晕了，以后，就再也没有人给我介绍对象了。”

“弗洛伊德说：梦是压抑到潜意识的冲动或愿望的反映，在睡眠状态下由于意识控制能力降低，在现实生活中不能得到实现的行为便会以梦的形式表现出来。你肯定没胆儿打相亲对象。”

“那肯定，我妈要是知道我把相亲对象给揍了，回家她肯定先把我给揍了，再把我逐出家门。”

“当妈的也不容易，所以你是抵触婚姻？还是抵触相亲？”

小白沉思了一会儿，我知道这个问题其实在她心里一直都有答案，只是可能她主动地把这些信息屏蔽了，所以现在需要的只是时间，让她自己想清楚。她沉默了许久之后，轻声说道：“其实我也想结婚，只是相亲这种方式接受不了……”

让她自己看清了内心的想法之后，我和她之间的聊天才有继续下去的意义。既然内心还在期待着结婚，那关键点就在于她的浪漫主义情怀了。想通过自己想要的方式遇见爱情没有错，只是过于偏执就可能激发矛盾。

“相亲也是一种选择，两手准备嘛，你对相亲和偶遇的不同态度是源于他们不同的印象加工方式。相亲属于整体优先的自上而下的加工，而生活中相遇相识属于局部优先的自下而上的加工。这也就是为什么父母强调物质基础，而生活中的偶遇多半是先看脸，其实两方的最终目的都一样，该了解和接受的，一样都少不了。”

“可我还是不想通过相亲来选择未来的伴侣，多没意思。如果有一天，我在夕阳的海滩上偶遇我的那个他，我们相视而笑，在啤酒馆里聊到深夜，彼此都认定这就是我要的人。我们一起环游世界，一起经历生活中的点点滴滴，然后将感情深化，结婚生子，厮守终生。”

“他一见你就笑，多半不是一见钟情，很有可能是人贩子。其实你抵触相亲的原因很简单，在你眼里，包括现在很多年轻人眼里，相亲似乎都影射了思想落后和包办婚姻，等于感情失败，约等于没人要、能力不够、不受欢迎、长得丑、没钱，等等。相亲过程中父母对物质的强调又让你们觉得相亲是回到了‘没钱拿喜儿抵债’的万恶旧社会，就愈发地抵抗。”

“要是你像我这样遇到这么多相亲的奇葩，你也会不想去的。”

“你的媒人确实有点不靠谱，不过，建议你下次再相亲的时候，除了介绍人的描述，自己也要通过一些渠道大概了解一下对方。比如通过微博、微信这些社交工具里面的信息，观察对方近期动态和性格特征，如果对方网络上言辞粗暴，戾气很重，那基本就可以排除了。”

“那如果他关注了@安定医院郝医生，是不是说明他是个精神病？”

“NO，说明他三观正，颜值高，爱学习，爱劳动，基本可以领证了。”

“哈哈哈，不过你说得对，这样了解之后再做决定，也免得介绍人日后尴尬。”

“从心理学来看，初次会面前30秒钟的表现，给人留下的印象最为深刻，通常这一印象在对方的头脑占据着主导地位。在约会前打扮好自己：长相、衣着、表情、谈吐这些都在一定程度上反映了人的内在素养和其他个性特征，注意言行举止，真实大方地展示自己，对双方都有好处。”

“嗯，这是我要做的功课，那我怎样在相亲的时候了解他呢？”

“这个也得从心理学来说，你可以通过一些表情、动作来看对方心理。多了解一些微动作心理学来帮助判断对方的想法。”

“真的！那您先给讲讲？”

“你看一个人说话时摸鼻子，多半是在撒谎；要是聊天过程中手不停地摆弄某样东西，要么心不在焉，要么紧张不安；把手揣在兜里不是在装酷，那是说明他不愿意暴露自己，有戒备心；说话时手指放在唇间说明在认真思考；双手摊放在桌面上说明很满意对方，要是交叉放起来，那多半是吹了；还有不停地上厕所，那多半是……”说到这里，我拖长了语气，断了下文。

“是什么？快说。”

“多半是肾不太好。”

“哈哈哈，有道理有道理。”

后来又跟她聊了一些我以前相亲的趣事，我们相谈甚欢，聊得很愉快，最后加了微信，她便离开了。

和小白聊完后，她听了我的建议，用新的态度和方法对待相亲，回去又相了几轮。终于，有情人终成眷属，她给她妈妈相了个老伴儿。

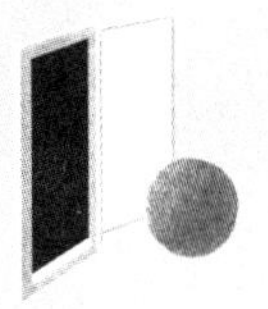

大电影之键盘五侠（二）

四名黑衣少女、四名白衣少女一齐跃上屋顶，

片刻间键盘之声飘然远引，曲未终而人已不见。

精分侠问道：“敢问姑娘尊姓大名？”

“北京海淀，中关新浪，微博秘书，绝迹江湖。”

1

周一例会，院长从宇宙起源讲到他父亲的灰指甲，一共说了三个小时，我迷迷糊糊地进入了梦乡。

那是儿时的小村庄，我和一群小伙伴趁着隔壁马大爷不在家，溜进了他家的果园，爬上杏树偷摘杏子，我们吃了好多杏子，直到牙口酸痛才停下来。这时树下面立了一头牛，我提议大家都往牛身上撒尿，大家响应号召，纷纷拿出“武器”对着牛尿了起来。牛突然不乐意了，抬头对着我们说道：“刚刚谁尿我背上了？”

小伙伴们都惊呆了，没人回答。

牛说：“我是神牛，你们谁承认了，每年七夕我就背着他去鹊桥和织女见面。”

我立马扯着嗓子回答道：“我！”

会场爆发了热烈的掌声，院长拍着手，笑嘻嘻地对我说：“好，关键时候还是老郝给力。那就这么定了，这事儿就由老郝来办。”

我蒙圈了，说好的神牛和织女呢？

散会后我拉着老周，问道：“咋回事儿？”

老周笑着说：“你不会又在睡觉吧？”

我点了点头。

“你呀你，去年就是睡觉挨了个拍大电影的活儿，今年又重蹈覆辙。”

“又拍电影？”

“是，医疗系统微电影宣传主题活动，院长问谁来拍，都没人回答，你自己站起来揽的活儿。”

我去！

2

我召集来李护士、老周、李大厨、老陈、包护士一干人等，帮我出谋划策。

我：“咱们这样，不像去年一样一人说一个故事，我来规定一个主线，大家来讨论。”

李护士：“好的，你说啥主线？”

我：“现在的网络这么发达，每天都有大新闻发生，关于这些新闻有各种评论和声音，键盘侠这个‘物种’也就诞生了，研究和讨论键盘侠是个很有趣的课题，咱们就来弄一个关于键盘侠的电影。”

李大厨：“这和咱们医院有什么关系呢？”

我：“你听我说完，我们身边有很多‘键盘侠’，他们的存在无不映射出现代社会人们的浮躁心理。由于生活和工作压力过大,好多人心中的郁闷和烦恼无处宣泄,于是便在虚拟空间大肆宣扬消极思想,这种厌世的状态原本就是需要接受心理干预，你看，我拍这个没错吧。”

李护士：“行，咱们就拍一个科幻剧，键盘侠在发出评论之后，都会通过时空之门被传送到事发现场，然后必须做和他们评论相一致的事情，让他们原形毕露。”

包护士："你这个怎么行，话题性少了点，咱们应该拍一个侦探剧，一个英俊帅气的侦探与键盘侠两大家族之间几个世纪的恩怨情仇，键盘侠通过评论，间接犯下各种罪恶，侦探全世界追捕键盘侠，最后他们相爱相杀……"

老陈："得了吧，你是腐剧看多了。要我说，就拍一个动画片，小猪佩奇偷偷玩猪爸爸的电脑，在网络上和大头儿子对骂，两个键盘侠功力不相上下，后来双方父母出面了，猪爸爸猪妈妈带着佩奇，小头爸爸围裙妈妈带着大头儿子，两家人在公园约架，幸亏黑猫警长出现了，才及时阻止了这场械斗。"

大家都被这个脑洞吓蒙了，现场鸦雀无声。

五分钟后李大厨终于打破了寂静："这个不光会吓着小朋友。连大人也会被吓着吧，要我说，我们可以拍成童话故事，故事的主角是一个键盘侠，老木偶匠亲手雕刻的一个小木偶，他的名字就叫作键盘曹。键盘曹一心渴望成为一个活生生的人，他找到蓝仙女，也就是我们的院长，院长答应了他的要求，但键盘曹必须学会诚实、勇敢，不自私自利。同时作为惩罚，每当键盘曹胡乱发一条评论时，他的鼻子便会长长一厘米。键盘曹并没有意识到诚实的重要，鼻子很快就越变越长，麻烦的事情也接踵而至。在经过无数艰辛的磨难和考验后，他总算了解到了诚实的含义，键盘曹也实现了自己期待已久的梦想，变成了一个真正活生生的'人'。"

大家被这个脑洞吓得更蒙了，现场一片死寂。

老周："你们能不能实际一点，我告诉你们，我们没啥经费，别一会儿小猪佩奇一会儿几代情仇了，而且这个片子主要不是给小朋友看的，是给成年人看的。成年人喜欢看什么？动作片，要我说，就拍一个动作片。"

李护士："你是动作片看多了吧。"

老周白了一眼，说道："我说的是武侠动作片。电影名字就叫'键盘五侠之决战微博之巅'。"

大家纷纷点头，夸赞老周。老周扬扬得意，继续说道："好了，好了，各位客官，下面请听我娓娓道来。"

3

话说，故事发生在虚拟的网络江湖，在网络江湖里，看似风平浪静，实则暗流涌动，各路键盘侠为争夺武林盟主而相互厮杀，一时间网络江湖血雨腥风，其中最为凶残彪悍的当属"键盘五侠"，他们是东躁狂、西强迫、南抑郁、北焦虑、中精分，为了结束这种纷争，众人决定召开比武大会，争夺武林盟主。

清明节前，各路键盘侠齐聚微博之巅争夺武林盟主，比武方法是：以自家绝学抢占评论，以点赞多者为胜，以评会友，点到即止。

伴随着震耳欲聋的鼓声，比武大会开始了。

此时，人群中一个身影一跃而起，此人头发卷曲，体形壮硕，卷皱的衬衣领与稀疏的胡楂遥相呼应，看得出衬衣欲竭力遮住他圆润的啤酒肚，但那崩开的扣子还是暴露了他生活过得多么富庶，膝盖破洞的牛仔裤让人分不清这是时尚还是工伤，老旧的人字拖边缘沾满了泥垢，给人一种想帮他刮下来的冲动。

他双手抱拳，说道："在下乃键盘五侠中的东躁狂，不服来单挑！"

这位躁狂侠，网络上无人不知无人不晓，他声如洪钟，身怀绝技，长期霸占评论区前排，并深谙道家内力之精髓，其绝招小无相功更是练得出神入化，能轻松带动各种外家绝技，瞬间变幻出各种身份和职业，模仿别人的绝学甚至胜于原版。

话音刚落，看台的西南角，忽见一人腾空而起，飞身落地，稳稳地站在躁狂侠的对面，此人看起来文质彬彬，戴着黑框眼镜，油光光的头发一丝不苟地往后倒着，绿白相间的条纹POLO衫已经洗得有点发黄了，竖立的衣领像两个俏皮的精灵，衣服下摆妥妥地扎进了裤腰里，再配上卡其色九分裤和皮凉鞋，以及那双若隐若现的肉色小短袜，整个人看起来灵动舒展，像是一件精心打磨的赝品。

人群中顿时议论纷纷。

“在下乃五侠中的西强迫，幸会幸会！”

原来他就是强迫侠，真是百闻不如一见。强迫侠很少露面，但他一出手评论，评论区必定一片死寂，他的绝招是独门暗器“生死符”，又称道德绑架。中了生死符的人，求生不得求死不能，如针刺般疼痛，万蚁咬啮，为求解药必定受制于他。

躁狂侠：“强迫兄，你来了！”

强迫侠：“躁狂兄，别来无恙！”

躁狂侠环顾四周，轻蔑道：“今日武林盟主之争，我势在必得，能否成为盟主，还要看你有没有真本事喽？”

“呵呵呵，请赐教！”

擂台上气氛凝固，安静到了极点，两人面面相觑，如针尖对麦芒，大战一触即发。

此时，强迫侠由怀中掏出键盘，在确认键盘与地面完全平行后，手指如燕雀一般在键盘上轻盈地飞舞着，他翻出某地大爆炸的新闻，果断留下评论：“真看不下去了，马云怎么不捐钱？”

这招“生死符”真是简明扼要，直击要害。

强迫侠将某地大爆炸这一事件放在掌心，倒运内力将阳刚之气转为阴柔，使掌心中发出来的真气冷于寒冰数倍，待凝结成冰后，再打入首富穴，使其瞬间奇痒剧痛，生不如死，这种用美德来要求道德义务，达到道德绑架的目的，实乃评论之绝学，秒获100赞，数字完整，不多不少。

躁狂侠见形势不妙，随即左手滚动着鼠标，在看到“某地18名少男少女街头火拼，14岁少年丧命”的新闻时停了下来，躁狂侠运用小无相功，带入外家绝技，将自己幻化为维护社会稳定的斗士，并留下评论：“周围的人都是㞞吗？没人敢站出来？要是我在现场，打得他们全跪着叫爸爸。”

躁狂侠仅敲击几下键盘，就能轻松击溃18人的混战团队，让人啧啧称赞。此条评论一出，立马引来各路键盘侠围观，轻松获得了201个赞。

强迫侠紧紧盯着数字“201”，眉头一皱，发现事情并不简单。他翻滚着鼠标，点进了娱乐版块，在某明星微博下，将评论“你兄弟的老婆出轨了，你怎么不发微博挺他？”置于掌心，再将阳刚之气转为阴柔，并使其凝结成冰，再打入当事人的兄弟穴。

此招阴险毒辣，直击要害，可谓一刀毙命，瞬间获得了300赞，引得吃瓜群众齐声叫好。

躁狂侠被打得毫无招架之力，突然倒地抽搐，表情狰狞，右手颤巍巍地指着强迫侠，说道：“你，你，你好毒！”随即晕厥倒地，被抬了下去。

“呵呵，不自量力。”

强迫侠一声冷笑后，理了理额前油腻的刘海，边挠着腮帮子边说道：“还有谁？呵呵！”

4

面对如此强大的对手，谁有十足的把握战胜他呢？片刻之后，人群中不知从哪里传来一个声音："就这点三脚猫功夫，也好意思争夺武林盟主？"

围观群众交头接耳议论纷纷，擂台上的强迫侠急了，转着身子说道："有种就站出来，跟我一决高下。"

"就你？不配！"那个声音回荡在现场，像幽灵一样让人恐惧。

"你背后说人闲话，不怕被人耻笑吗？"

强迫侠的这招激将法似乎对这个神秘人不管用，他并没有站出来，而是选择沉默，与其说是沉默，还不如说是无视。

"你是怕输给我不敢打擂？那我可就是武林盟主了。"

"好吧，那我就让你，输得，心服，口服。"

这句话字字珠玑，缓慢而深邃，像一把剪刀，一点一点地割开对手心理防线。

一阵风沙吹过，大家纷纷捂着眼，当人们再次睁开眼时，擂台上多了一个人。

他三七分的发型略显复古，凌乱中带着一丝安静，垂下来半边头发刚好遮住了右边的脸，眼神显得更加深邃，让人不寒而栗，手掌根部有着深厚的老茧，这正是令人闻风丧胆的鼠标手，要练就如此深厚的老茧，没有20年网龄，想都别想。他骨骼清奇，腰椎呈S状，这种腰椎一天不坐20个小时，是弯不出来的，他的气场强大到仿佛四周被黑色的杀气笼罩着，让人分不清是多年没洗澡的酸味还是局部出现的重度雾霾。

强迫侠上下打量了一番，说道："刚刚是你在说话？"

对方眉头一挑，努力睁开眼睛，可惜只有一条缝的视界，他瞄了一眼强迫侠，从鼻缝里挤出一个字：

"嗯。"然后又把眼睛闭上了，如此蔑视对手，不禁让人对他多了一丝恐惧。

强迫侠怒火中烧，但碍于现场有各路英雄好汉，他竭力压制住内心的怒火，扶了扶眼镜，说道："是骡子是马拉出来遛遛，你别在这里装神弄鬼的。"

对方从蓬松的头发里拔出一根牙签，衔在嘴里，继续闭着眼，场面一度非常尴尬。

强迫侠终于忍不住，歇斯底里地怒吼道："你要再不说话，小心我人肉你，骚扰你全家，让你永无安宁，朋友都远离你。"

对方冷笑一声，说："哼，朋友？我从来就没有朋友。"

强迫侠吓得踉踉跄跄地后退几步，也不控制说话的字数了，惊恐道："你，你就是当年为了刷评论，带着键盘离家出走，在网吧吃了七七四十九天泡面，最终瘀血攻心，走火入魔的，键盘五侠中的，南抑郁？"

众人齐刷刷地"哦——"了一声。

是的，他就是抑郁侠，以吸星大法独步武林，至今尚无敌手，正邪两派谈及吸星大法无不谈虎色变。

吸星大法源自北宋年间逍遥派的"北冥神功"与丁春秋的"化功大法"，是一种极秘之法。抑郁侠经过多年研修，成功将吸星大法用于网络江湖，无论你经受何种苦难又或处于何种境地，抑郁侠都能吸干你的所有解释和理由，将责任归咎于你本身。在抑郁侠眼里，你，就是一切罪恶的根源。而当事人能做的，仅是眼睁睁地看着自己一点点枯萎。

强迫侠稳定下心绪，道："要成为武林盟主，你得拿出真本事，这里可是擂台，不是百家讲坛。"

抑郁侠吐掉嘴里的牙签，举起右手，从后背的剑鞘里抽出键盘，他快速地翻动着网页，敏锐的目光很快锁定"妙龄少女夜间外出，被出租司机性侵"的新闻，并根据标题留下评论："三更半夜还外出，一看就不是正经姑娘。”

南抑郁果然名不虚传，此评论一出便引得各路键盘侠拍案叫绝，纷纷竖起大拇指，点赞数更是猛升至600赞。

强迫侠深知对手的强大，但也不甘示弱，他气运丹田，逆行经络，身旁的键盘发出轻微的抖动声，强迫侠抬起左脚，猛跺地板，键盘瞬间无视地心引力腾空而起，他右手接过键盘，快速地浏览网页，最终将目光锁定娱乐版块，并将“农村的孩子饭都吃不上，你居然在巴厘岛办婚礼？”“国家受灾了，你还晒孩子？”“西南旱灾这么严重，还有心思开演唱会？”三条评论置于手掌，凝评为冰，打入当事人的公益穴，当事人瞬觉浑身痛痒，如坐针毡。

强迫侠凝神定气，放下键盘，表情似笑非笑，缓缓说道：“我这招生死符一发作，定会一日比一日厉害，剧痛持续九九八十一日，即便事发后删除评论，也必将给当事人留下心理阴影。而在如此短的时间里，连发三招且招招毙命，能使用这种绝技的人，唯有在下。”

各路键盘侠纷纷竖起大拇指，强迫侠轻松秒获800赞。

抑郁侠看了看天上的骄阳，整理了一下头发，再次从头发里拿出一根牙签，随手挑着指甲盖里的泥垢，边挑边说道：“呵呵，就这点招式想当武林盟主？未免，太牵强吧。”

听到这句话，围观群众纷纷安静下来，期待着抑郁侠的强力回击。

抑郁侠镇定自若，头发被微风吹动着左右摇晃，挑完最后一个指甲盖的泥垢，他打量着手掌，修长的指甲盖宛如十把尖锐的钢刀般明亮晃眼，抑郁侠将牙签衔在嘴里，用嘴唇来回翻滚着牙签，突然他伸出左手托住键盘，右手在键盘上狂舞，键盘敲击的声音干脆有力，宛如一曲断魂歌，所经之处，寸草不生。一曲唱罢，抑郁侠食指用力一敲发送键，啪，伴随着清脆的敲击，一条评论跃然于微博下：

“穿这么少，活该被性侵。”

好一招吸星大法，抑郁侠令丹田常如空箱，恒似深谷，吸星大法以“空洞”的方式吸人内力，将当事人所有理由和解释悉数吸尽，为己所用，当事人全无还手之力。并且造成如此大的伤害只用了短短9个字，可见其功力之深厚，着实令人惊叹。

此评论一出瞬间获得键盘侠们1000赞，强迫侠见状一口鲜血笔直喷涌而出，洒在了他的白衬衣上，血点到处都是，强迫侠见状左手捂着肚子，五脏六腑仿佛被上万枚生死符穿过，表情狰狞，痛苦至极。

片刻之后，强迫侠深吸一口气终于缓过神来，他低着头，双手抱拳，低声说道：“是在下输了。”而后转身，跌跌撞撞下了擂台。

抑郁侠半眯着眼，表情稍显舒缓，缓缓地抬手抱拳，道：“承让！”

5

说到这里，老周端起茶杯，打开茶杯，吹了吹沫子，喝了一大口茶后说道：“好了，比武到此结束，武林盟主就是键盘五侠中的南抑郁，都散了吧。”

众人：“啥？”

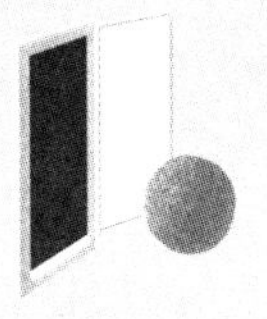

大电影之键盘五侠（二）

四名黑衣少女、四名白衣少女一齐跃上屋顶，

片刻间键盘之声飘然远引，曲未终而人已不见。

精分侠问道："敢问姑娘尊姓大名？"

"北京海淀，中关新浪，微博秘书，绝迹江湖。"

1

老周："啥什么？说了结束了，不想讲了。"

老陈："啥？这就结束了？想死啊你。"

李大厨："不是五侠吗？肯定还有，不说信不信我把你扔出去？"

我："赶紧说，找抽是不？"

老周一副视死忽如归的表情，说："你们尽管逼，继续讲算我输。"

李护士挽着老周的手臂，扭着小蛮腰，娇嗔地说道："老——周——，就给人家——说——说嘛——"

老周一阵眩晕，手里的杯子都快掉了，他放下杯子道："好好好，我说我说。"

果然还是英雄难过美人关哪。

2

比武的精彩程度真可谓精彩绝伦，简直是一场盛况空前的网络盛宴，强中自有强中手，一山还比一山高。最后鹿死谁手，目前还不得而知。

抑郁侠再次从头发堆里掏出一根牙签，在那里气定神闲地抠着指甲里的泥垢。就这样安静了一炷香的时间，抑郁侠抬起头，看了看天空的太阳，环顾四周，慢吞吞地说道："没人了？"

依旧没人回话，抑郁侠抬起双手，掌心向上，勉为其难地说道："好吧，那我就来当这个武林盟主喽。"

话音刚落，忽然传来一个声音，"你的丹田此刻恐怕是奇痛无比吧？"这声音忽远忽近，空灵飘逸，仿佛远在千里之外，却又感觉近在耳畔，这是失传已久的传音大法，今天竟然再次现声，着实吊足了大家的胃口。

"传音大法。好深厚的内功，何方高人，可否现身？"抑郁侠有些不淡定了，环顾四周，而后自言自语道。

"吃葡萄不吐葡萄皮，不吃葡萄倒吐葡萄皮；四是四，十是十，十四是十四，四十是四十，不要把十四看成四十，也不要把四十看成十四；打南边来了一个喇嘛，手里提着五斤鳎蚂，打北边来了一个哑巴，腰里别着一个喇叭。提搂鳎蚂的喇嘛要拿鳎蚂去换别着喇叭的哑巴的喇叭，别着喇叭的哑巴不愿意拿喇叭去换提搂鳎蚂的喇嘛的鳎蚂……喇嘛回家炖鳎蚂，哑巴回家滴滴答答吹喇叭。"

抑郁侠打量着周围，打断道："众所周知，传音大法高深莫测，飘忽莫定，但也不至于用来说相声吧。"

"第八套广播体操，时代在召唤。第一节，踏步，一二三四，五六七八，二二三四……"

"你够了，你再不出来，权当你弃赛。"抑郁侠有点急了，便大声呵斥道，在场的武林人士也纷纷点头。

"那就让我来领教你的厉害。"这句话，没有用传音大法，大家根据声音方向，看到西北角人群后走出一个人，众人纷纷靠左右而让其道，此人缓步走到擂台上。

来者秃顶微胖，牙齿上有隔夜的韭菜叶，一小撮山羊胡像清洁车的扫把一样努力打扫着衣领，身着一件卷皱的白色太极服，荷叶领，对襟盘袢扣，第二颗扣子已经脱落，但被他用别针别上了，气质不减丝毫，谜一样的山寨耐克运动鞋沾满灰尘，让人看不出它出厂原本是什么颜色，鞋带是打的蝴蝶结，严肃中透着一丝俏皮。

抑郁侠抱拳行礼，道："敢问阁下尊姓大名？"

"在下乃键盘五侠之一，人送外号，北焦虑。"

"原来是焦虑侠，久闻焦虑侠太极拳可以打遍天下无敌手，想不到这传音大法也练得炉火纯青，真是百闻不如一见。"

焦虑侠上下打量着抑郁侠，片刻后说道："你所练的吸星大法只顾吸收别人的理由和解释，却忽视自身丹田的容量大小，内力只积于丹田，不加融合，稍一运使便互相冲突，发送评论时内脏如经刀割。我，没说错吧？"

抑郁侠听罢即后退两步，表情似乎渐渐绷不住了，他右手捂着胸口，右膝跪地，表情愈发难受，豆大的汗珠夹杂着油渍顺着鬓角往下滴落，断断续续地说道："你，你，你胡，胡说！"

"我看你经脉行乱，加之今天用力过猛导致丹田真气淤积，如若再运功吸气，恐怕性命不保。"

抑郁侠面色苍白，重重地摔倒在擂台上。

焦虑侠上前扶他盘腿坐下，再封住他的"转发""评论""点赞"三穴。并在朋友圈帮他转发了几条养身之道，才稀释了他体内的戾气，得以保存性命。

过了好一阵，抑郁侠终于缓过神来，轻声说道："多谢大侠救命之恩，这武林盟主，你是实至名归。"

之前晕倒的躁狂侠听闻此言，立即呵斥道："这怎么行？这是比武，又不是比医术，你要报答的话送锦旗啊，要医术好就代表武功高，那协和医院岂不是当代少林寺？你俩一唱一和就要定这盟主之位，我看多半是有肮脏的交易。”

众键盘侠纷纷点头，围观群众交头接耳，不时传来“说得对”的议论声，现场开始躁动起来。

焦虑侠站起身来，面对着台下的躁狂侠，说道：“呵呵，老夫驰骋微博多年，发帖无数，资深键盘侠见了老夫都得礼让三分，反倒是你个狂徒出言不逊，也罢，今天就露两手，让你心服口服。”

焦虑侠闭目聚神，缓缓抬手起式。他双手在胸前做太极抱球动作，一只手做扶西瓜状，另一只手做刀状绵绵地向下劈，双手紧接一个左捋和右捋，双掌略蓄劲向左前推，双掌略蓄劲向右前推，最后双掌微快回收。

躁狂侠：“你这我也会，信不？”

抑郁侠站起来，呵斥躁狂侠道：“你这厮休得无礼，如此高深的太极招式，岂是你等愚蠢之辈能学会的？”

躁狂侠不解释，然后自己在原地打了一遍刚刚的太极招式，动作竟然不差分毫，众人啧啧称奇，抑郁侠更是哑口无言。

躁狂侠拍着肚子，对抑郁侠边比画边说：“来来来，我教你。看好了，一个西瓜圆又圆，一刀成了两半，你一半来他一半，给你你不要，给他他不收，那就不给。完事儿。”

这一顿解说引得现场围观者哄堂大笑，抑郁侠望着身旁的焦虑侠，问道：“大侠，他这？！”

焦虑侠微微一笑，说道：“呵呵，习武只为强身健体，怎么练不重要。你可以跟着我，左手右手一个慢动作，右手左手慢动作重播，但是你学不会我的内力和心法，且看你的微博。”

众人纷纷将目光投向躁狂侠，他迟疑了一下，从兜里掏出手机，打开微博。发现微博账号已然变成了焦虑侠的。

躁狂侠望着手机直摇头，根本不相信眼前发生的一切。

“不可能，不可能，我可能用了一部假的手机。”

焦虑侠收起表情，闭上双眼，他脚掌轻轻一扭，一股真气由下而上，真气在扭肩握拳之际直达头顶，片刻之后，他睁开双眼。

“你再看微博。”

躁狂侠赶紧看了看微博，发现刚刚又在“某领导连夜奔赴灾区，为受灾群众解决实际问题”的新闻下发出了一条评论：“虚伪作秀，有种在那里住一辈子啊。”秒获1500赞。

躁狂侠从未见过如此神技，惊讶地问道：“你是怎么办到的？”

焦虑侠整理了一下着装，背着手，说道：“我使用的乃是以传统儒、道哲学，以阴阳辩证理念为核心思想，将拳术与微博的阴阳五行之变化相结合，将惯性思维与实际情况在一招一式中，阴阳互变，以点概面，相辅而生，最终混淆是非。”

躁狂侠摸了摸脑袋，追问道：“那你是怎么登录我的微博的？”

“意念。”

3

现场沸腾了，围观键盘侠纷纷为焦虑侠的太极绝学点赞，纷纷高呼：“盟主！盟主！盟主！”

“且慢！”远处传来的声音让大家瞬间安静下来。

“快看那儿。”大家顺着躁狂侠手指方向望过去，只见一人身披金甲睡衣，脚踏七色键盘，掠过山野大树亭台楼阁，飞驰而来，落于擂台之上。

此人身材瘦小，眼窝深陷，鬓角的白发显出几分成熟与沧桑，身披金色睡衣，左胸口处有两个破洞，破洞下方有前一夜吃烤串滴落的几滴辣椒油，宽大的条纹裤衩油得发光，走起路来像未清理的潲水桶，眼神迷离，似睡似醒，所到之处都有淡淡的葱花味道，不知是源于昨夜的烧烤还是今早的拉面，让人浮想联翩。

焦虑侠抱拳行礼道："敢问阁下尊姓大名？"

"不敢当，在下乃键盘五侠之中精分，精分侠。"

"久仰精分侠大名，今日得见真容，实乃三生有幸。"

"不敢当，听闻今日微博之巅召开武林大会，要推举武林盟主，居然也没人通知我，还好网管给我说了，这种热闹怎么少得了我老顽童精分侠呢。"

"大家以评会友，交流切磋罢了。"

"我网卡余额马上要不足了，就不跟你废话了，赶紧说，怎么比？"

"我们键盘侠比武很简单，写评论，点赞多者为胜。"

"这么简单，好吧，那我就献丑了。"

想不到这位精分侠如此直接爽快，现场安静至极，针落有声。只见精分侠掏出一块有褶皱的手绢，捂着嘴咳嗽了几声，再拭去嘴角的唾沫星子，再将手绢缓缓放进裤兜。

他右手拿起键盘，正举于胸前，左手猛地扯下键盘上的塑料包装袋，瞬间照射出两道夺目的金光，这居然是传说中的"倚天键"和"屠龙标"。

"倚天键"乃"君子""淑女"二键混合西方精金所铸，键里有上乘武功《九阴真经》；"屠龙标"有百余斤重，锋利无比，无坚不摧，强力磁性能吸天下暗器，标里是岳飞的兵法《武穆遗书》。江湖上早有"武林至尊，宝标屠龙，号令天下，莫敢不从！倚天不出，谁与争锋？"的传说，当年经明教教主张无忌之手后，便消失于江湖，今日重现于微博之巅，想必江湖又会掀起一场腥风血雨。

精分侠左手持"倚天键"，右手持"屠龙标"，时而空格翻腾跃起，时而回车出标发力，两神器在他手中散发着耀眼的金色光芒，一阵龙腾凤翔后，精分侠转身席地，盘腿而坐，最后轻点发送，在“手术室医生累倒喝葡萄糖”的新闻下留下精妙的四字评论：

“这钱谁出？”

“好！”现场发出震耳欲聋的尖叫，各路键盘侠无不拍手称快。

精分侠用“倚天键”将微博原意削乱如泥，用评论重组拆装，再挥舞着可吸铁丸之气的“屠龙标”控制当事人的微博载体，无论是手机还是电脑，一被评论均会变慢死机，所评论的账号也会被影响，当事人必定心如死灰，生不如死，此评论瞬间获得1800赞。

一条评论似乎不过瘾，老顽童精分侠又发一招，在电影导演的微博下评论：“新闻都比你电影好看。”在美食博主处评论：“长这么丑，做的东西一定很难吃。”在歌手微博下评论：“人这么丑，歌唱得好又怎样？”

台下有键盘侠接了个电话，说：“我朋友说，这几个账号正处于异常状态。”话音刚落，点赞数更是秒破2000，这个获赞速度简直前无古人后无来者。

焦虑侠单膝跪地，双手抱拳置于头顶，哽咽道：“盟主，请受我一拜。”

“好！”“厉害！”“盟主！盟主！盟主！”现场再次发出震耳欲聋的尖叫，键盘侠们终于能够找出一位王者一统江湖，带领大家纵横微博了。

4

就在众人庆祝之时，躁狂侠拿着手机冲上擂台，他面色苍白，手指颤抖着。焦虑侠和精分侠等人走上前，问他所为何事。

躁狂侠咽了口口水，语无伦次道："评论，评论，刚刚那些评论，没，刚刚都没了，我们所有的评论都没了，账号也，没了，都没了。"

大家纷纷拿出手机，果然刚刚发出的所有评论都没了，账号也显示登录异常。

"怎么会这样？"

"谁干的？"

"居然显示异常。"

就在大家一脸惊恐之时，忽听得屋顶上传下来轻轻数响琴箫和鸣之声，似是有数具瑶琴、数支洞箫同时奏鸣。乐声缥缈婉转，若有若无，但人人听得十分清楚，只是忽东忽西，不知是从屋顶的哪一方传来。

精分侠朗声道："何方高人？何必装神弄鬼？"

瑶琴声铮铮铮连响三下，忽见四名白衣少女分别从东西檐上飘然落下庭中，每人手中都抱着一具键盘。这四副键盘比寻常的键盘短了一半，窄了一半，但也是按键齐备。四名少女落下后分站庭中四方，跟着门外走进四名黑衣少女，每人手中各执一副白色鼠标，这鼠标却比常见的鼠标长了一半。四名黑衣少女也是分站四角。四白四黑，交叉而立。八女站定方位，四副键盘轻敲划按，鼠标键盘合奏，乐音极尽柔和优雅。

各路键盘侠虽不懂音乐，然觉这乐声婉转悦耳，虽是身处极紧迫的局面之下，也愿多听一刻。悠扬的乐声之中，缓步走进一个身披淡黄轻衫的女子，左手携着一个十二三岁的女童。那女子二十七八岁年纪，风姿绰约，容貌极美，只是脸色太过苍白，竟无半点血色。

黄衣女子："今日删帖封号权当警告，诸位以后务必实事求是，否则后果自负。另再奉劝各位，文明上网，理智上网，戾气太重只会殃及身心健康，已有不适者，请尽快找郝医生治疗。"

说罢，躬身一礼，黄影一闪，已掠上屋顶。那四名黑衣少女、四名白衣少女一齐跃上屋顶，琴声叮咚、箫声呜咽，片刻间键盘之声飘然远引，曲未终而人已不见。

精分侠问道："敢问姑娘尊姓大名？"

"北京海淀，中关新浪，微博秘书，绝迹江湖。"

5

老周放下杯子，摊手说："全剧终！"

李护士："等等，那最后谁是武林盟主啊？"

老周："谁最厉害谁就是呗。"

李护士："到底谁最厉害？"

众人答道："小秘书！"

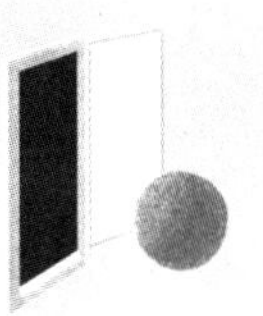

躁狂的梦想

“我每天只睡2个小时，3个小时都算赖床了，无时无刻不在工作。”

“那还和你姐手拉手逛商场、购物、吃饭，多耽搁时间哪。”

小贾指着李大厨的鼻子骂道：“这些都是替你买的。”

1

午饭时间，大家都在议论今天的菜特别咸，勉强吃了点米饭，我和老周便起身准备回办公室喝茶，刚出食堂，便看到李大厨坐在树荫下的花坛边，地上满是烟头。

“李大厨，今天的菜怎么这么咸呢？”老周抱怨道。

李大厨掐灭烟头，缓缓地抬起头，他头发凌乱，眼神迷离，左手揣进裤兜，右手扶在树干上，这时响起了背景音乐《一剪梅》。

真情　像梅花开过
冷冷　冰雪不能掩没
就在　最冷　枝头　绽放
看见春天　走向你我……

老周：“这咋还有背景音乐呢？”

我：“大厨，关了吧。”

李大厨从兜里拿出手机，按下了暂停键。

“等等，你先说，今儿这菜这么咸，不会都是你的眼泪珠子吧？”老周问道。

李大厨：“那是失恋的味道。”

“呕——真恶心！”老周做呕吐状吐槽道。

说完，背景音乐再次响起。

雪花飘飘　北风萧萧

天地　一片　苍茫……

“行啦，关了吧。”

大厨再次按下暂停键，抹了一把眼泪，抽泣道：“说什么此情永不渝，说什么我爱你，如今的我依然没有你，我还是，我自己。”

“真分手了？李护士这么飘吗？毫无征兆啊。”

“大厨，你给我们说说吧，兴许我能帮你分析一下。”

大厨整理了一下思绪，打开了话匣子。

“上周末，我值班，收拾完厨房后就约小李去看电影，发微信她不回，打电话也不接，大概过了一小时，她回我信息，说家里来客人了，没看到手机。我也没当回事，就喊了同事一起去看，到了商场后，我买了奶茶坐着喝，坐下没多久，突然看见小李和一个男的在逛商场，男的手里提了很多装衣服的袋子，他们有说有笑的，我，我当时，我觉得，我，我……我应该在车底，不应该在车里。”

“都什么时候了，就别唱歌了吧，你确定那个人就是李护士吗？”

“她化成灰我都认识。”大厨咬牙切齿道。

“后来呢，你拆穿她没有？”

“没有，我不敢，我怕失去她。我还去了趟她家，发现她家里多了很多新衣服，新包包，手表也换了，我……我……我的心真的受伤了。”

“算我求你了，别唱了，冷静一下，我们帮你想想办法。”老周拍着大厨的肩膀说道。

“真的？”

“那必须的，我们这样，第一步先跟踪李护士，找到那个人。”

老周没说完，大厨就抢话道：“然后往他脸上泼……料酒、酱油、盐、姜片……”

“要烧烤啊？”

李大厨瞪着眼睛，喘着粗气。

老周：“我们找到他后，先不打草惊蛇，再进行第二步，跟踪到他的住处。”

大厨再次抢话：“然后在他家门口放煤气罐、往他鞋里放竹签子、在门把手上挂鱿鱼、门梁上挂猪腰子……”他双手握拳，狠狠地锤在桌子上，咬牙切齿地说。

“你咋还摆起摊了，我说你就算要报复，能不能想点狠招？”

我：“大厨你别急，有我们在，不会让他好受的，老周你接着说。”

老周：“在确定了住处之后，再进行第三步，约他出来谈，给他点颜色看看。”

大厨憋红着脸，说：“把他绑在铁栅栏上，下面点上木炭，刷上油两面烤，撒上辣椒粉、孜然粉、葱花，最后再拿扇子扇，烤得他浑身冒油滋滋响……这下够狠了吧。”

“够不够狠不知道，但肯定够香。”我和老周齐刷刷地吞了口口水。

2

按照老周的计划，我们开始了行动。

一行三人先在医院对面的超市蹲守，老周穿着送外卖的衣服，左手提着外卖箱，右手拿着望远镜观望，我提着DV机负责摄影，李大厨背了一包东西，鼓鼓囊囊的不知道是啥。

下午六点，李护士下班了，出大门后走到街对面的一辆黑色奥迪旁边，奥迪车主穿着一身灰色西装，西装男下车给李护士开门，两人笑着上了车，驶向市区。我们三人赶紧上车，点火挂挡，一脚油门跟了上去。

上车后我拿出了装备，眼镜、口罩和鸭舌帽、摄影背心，手里端着摄像机，再时不时录一下。

老周："老郝，遮成这样你至于吗？"

"你懂什么，这才叫伪装。看你那老胳膊老腿的，还假装送外卖的，会有人信吗？你看我这样，这才叫地下工作者。"

"你不像地下工作者，倒像是狗仔队。"

"滚犊子。"

老周望了眼李大厨，问道："大厨，你这包里装的什么？"

李大厨目不转睛地盯着奥迪，没有搭理老周。

开了半小时，西装男在市中心商场下停了车，在商场开始转悠，基本上转遍了所有的名牌店，买了10套衣服，5双鞋，3个包，还有2套化妆品，西装男一路上表现得异乎寻常的高兴激动，说起话来眉飞色舞、手舞足蹈的，经常把李护士弄得捧腹大笑。

一番强势购物后，商场经理亲自将所购物品送到了奥迪车上。

我们三人都看傻眼了，老周压低了声音问道："大厨，你给李护士买过这些东西没？"

"买过，前年情人节的时候我给她买了一条粉红色有加菲猫图案的围裙。"

"去年呢？"

"去年买了一双粉红色有加菲猫图案的袖套。"

“今年呢？”

“今年买了一双粉红色有加菲猫图案的洗碗手套。”

“你确定这些东西她喜欢吗？有没有粉色的、带加菲猫的稍微贵一点的东西？”

“限量版围裙袖套手套？”

“额……”

就在这时，李护士和西装男手挽着手走进了一家西餐厅，我们紧随其后，在对面选了一家视野好的面馆坐下了。

西装男比之前表现得更加亢奋，点了很多菜，光是牛排就点了5份，其他的高档食品在桌上堆都堆不下，他的说话声音和动作幅度也更大了，简直是出口成章、滔滔不绝，这些举动也引来了周围食客的白眼。有食客向餐厅经理反映了他的情况，餐厅经理了解后，便礼貌地示意西装男小声点。刚刚还谈笑风生的西装男瞬间就炸了，拍着桌子说自己是花钱来消费的，怎么说话怎么做事是他的自由，没人能限制他，这一番动静引来了周围更多人的关注，李护士拉着西装男的袖子劝他算了，西装男这才埋单走人，剩了一桌子菜。

我们三人一人吃了碗面，8块一碗，老周说今天是给大厨办事，就嚷着让李大厨埋单，大厨极不情愿地拿出24块，走的时候还唠叨这顿吃贵了，早知道就带点馒头。

饭后他们上了车，我们也一路跟着。原以为他会开回家，这样就能找到住处了，他们却开到了一个售楼部，我们隔着玻璃在外面观察着。

“闹了半天，他连房子都没有，瞎嘚瑟。”大厨斜着嘴，议论道。

老周：“没房怎么了，你不也没房吗？”

大厨：“我是没房，可我有存款。”

老周：“他也有存款。”

我："这个还真不好说，我一直在观察，他的每次消费都是刷的信用卡，不是储蓄卡，而且已经换了五张不同的信用卡了。"

老周："人家还得起，有钱人都刷信用卡。"

李大厨急了，拍着大腿说："你到底帮谁？"

我急忙打圆场道："我们肯定帮你，这不是三步走，一点点推论吗？老周只是从技术层面推论，没别的意思。我们沉住气，好事多磨。"

"啥？"

"哦不，我的意思是，小不忍则乱大谋，等我们找到他家，再杀他个措手不及。"

老周也解释说："对对对，知己知彼百战不殆。"

说到这里，李大厨突然瞪大了眼看着售楼部，老周和我急忙探着头往里看，只见整个售楼部突然沸腾起来，所有人都围着他俩，纷纷拿着激光笔在沙盘上比画着，最后拿了一堆文书给他签字。

半小时后他们起身离开了售楼部，往停车场走去，我们急忙赶上去问门口的保安，刚刚发生了什么。保安指着李护士和西装男的方向说："诺，就那个男的，一口气买了5套房子。"

"一剪寒梅，傲立雪中，只为，伊人，飘香……"李大厨没忍住，又放起了背景音乐。

"就别放你的BGM了。"老周没好气地说道。

我推了把老周，说："赶紧开车跟上，人家走啦。"

老周驾着车死咬着奥迪车，男子先是送李护士回了家，然后自己开车来到了一个老旧的小区，进了A栋501。

老周："接下来怎么办？"

李大厨咬牙切齿地说："冲进去，抓住他，然后往脸上……"

我："别乱来，我们先假装送外卖的，进入他家，然后控制住他，给他看我们拍的视频，喊他离李护士远点，到时候大家狠一点。”

我们三人一拍即合，来到他的住处门口，老周整理了一下外卖服，提着外卖箱，清了清嗓子，按响了门铃。

“您好，外卖。”

“我没订，是不是送错了？”

“A栋501，就是您的。”

“哦？我看看。”西装男透过猫眼往外望了望，确定门外站的是外卖小哥后便开门了。

门刚打开，我们就一拥而上，冲了进去。

3

一进门，我们都傻眼了。满屋子的购物袋，衣柜里堆满了新衣服，光是苹果笔记本电脑就有三台，手机、手表、领带等小物件放了整整一架子，纸箱子装满了各种购物小票、保修卡和产品说明书。

“你们是谁？要干什么？”

李大厨将他推坐到一把椅子上，我们三人围着他，屋子里空气瞬间凝固了。

老周狠狠地说：“别叫，否则有你的好果子吃。”

李大厨恶狠狠地说：“老周，别跟他废话，让我来。”

李大厨放下包，从兜里拿出一个塑料袋，里面是木炭，边点火边说：“我今天让你知道我的厉害。”

我赶紧拦住他：“大厨，别这样。”

老周也劝阻道：“是的，咱们的计划里没有这一步，你可不能把我们也拉进去。”

大厨挣脱开我们，打开了另一个塑料盒，有很多调料瓶和竹签，还有韭菜、牛肉、五花肉、猪腰、葱花、蒜末等食材。他边穿牛肉串，边冷冷地说：“你们想多了，我要让他吃世界上最难吃的烧烤，让他知道什么叫绝望，体会被美味抛弃的感觉。”

“哇哦，这么‘严酷’的刑罚，我还是头一次看到。”

“听上去，是挺残酷的。”我和老周议论着，一旁的人坐不住了，大吼道：“你们到底要干吗？我要报警了。”

我们还没反应过来，那人突然大喊道：“救命啊……”

老周一把捂住他的嘴，大厨摁住他的手，并示意我拿出他包里的胶带和绳子，我正准备拿，突然有人敲门。

我们三人都傻了，那人挣扎得更厉害，用力地制造出动静。门锁传来了钥匙插入的声音，门推开后走进一人，李护士。

“你们干什么？快放开他。”李护士冲过来，边推开我们边关切地问道，“小贾你怎么样？没事吧你。”

西装男拉着李护士，激动地指着我们骂道：“姐，赶紧报警，这帮孙子是绑匪，他们要绑架我，赶紧报警，你们下半辈子就在监狱度过余生吧，老子上面有人，一个电话叫你们监狱里烧烤去。”

“姐？他到底是谁？”李大厨惊讶道。

西装男指着李大厨和地上的调料骂道：“姐，这孙子要毒死我，这些瓶瓶罐罐里面都是毒药，他要毒死我，赶紧报警抓他。”

“大厨，你这是要干吗？”李护士责问道。

“大厨？姐，你们认识？”西装男也惊讶道。

4

我隐约感觉事情并不简单，多半是有什么误会。

我：“李护士，这个小贾是你什么人？”

李护士：“我表弟，刚从老家过来的。他手机在我包里，我过来给他送手机的，你们怎么找过来的？”

我：“哦哦，我来说吧，这应该是场误会，是这么回事……”我将事情从头到尾说了一遍，大家才化解了误会。

小贾放开李护士的手，瞬间脸上露出了笑容，便拿出烟递给我们，边说：“真是大水淹了龙王庙，不怪姐夫，他也是性情中人，跟我一样，我喜欢这样的性格。我准备在这边创业，公司正在起步阶段，几个亿的项目就快要落地了，姐夫可以来跟我做事，我们一起打天下赚大钱。”

李大厨拒绝了递过来的烟，冷嘲道：“惹不起，我还是安心炒菜吧。”

我见小贾脸色突变，立即打圆场道：“内什么，小贾来头不小呀，一看就是个做事儿的人，你们公司是做什么的？”

小贾：“主体是一家互联网公司，但是我要做的是以此为基础打造‘生态圈’，电视机、手机、汽车等都会成为业务范畴。这么说吧，我的PPT刚一出来，就有不下10家风投公司找我，要给我天使轮，明星大腕更是排着队投资……”他思维极度奔逸，语速极快，根本不留反应时间，表现得非常亢奋，这一说就是半小时，但始终言之无物。

我：“你这么多事情要做，身体扛得住吗？睡眠怎么样？”

小贾：“我每天只睡2个小时，3个小时都算赖床了。关键是我精力充沛，每一天都像战士一样战斗，无时无刻不在工作。”

李大厨：“那还和你姐手拉手逛商场、购物、吃饭，多耽搁时间哪。”

小贾突然暴跳如雷，指着李大厨的鼻子骂道：“你丫是不是有病？我才不像你一样给我姐买袖套、围裙和手套，这些都是替你买的。”

李大厨："我省吃俭用怎么了？比你大手大脚强。"

小贾提起凳子就朝李大厨冲过去，还好被我们拦住了。

临走的时候我问小贾："对了，你公司准备叫什么名字？"

小贾瞬间收起吵架时恶狠狠的表情，笑着说："我希望大家都能快乐地上网和看电视，所以就叫——快电网。"

5

回去的路上，我问李护士："你表弟家里条件怎么样？"

"一般吧，前段时间拆迁，赔了他家一套房和40万块钱，现在准备创业，他说业务还没开始就已经赚了不少钱了。"

"事实可能不是这样，他很有可能是躁狂症，而且现在财务状况很差，所有消费都是透支信用卡，这些消费早就超过他的偿还能力了。"

老周瞪着眼睛问："啥？你怎么知道他是躁狂症的？"

"躁狂症的核心症状就是异乎寻常的心情高兴、情感高涨、思维奔逸，患者自我感觉良好，自身感到脑子变得异常灵敏、反应迅速，同时夸大自己的能力和财力，消费欲膨胀，挥霍无度，精力极度旺盛，睡眠需求减少，每天只睡两三个小时，情绪不稳易激怒，甚至有攻击行为。"

李护士一番思索后说："你这么一说，好像还真是，我说他公司还没开，哪儿来这么多钱，家里的拆迁款也不够他这么挥霍的。"

我："躁狂症发病年龄早，多在45岁以前发病，首次躁狂发作多发生在青年期，起病较急，及时治疗的话愈后良好。"

李护士："躁狂症严重的会怎么样？"

我："躁狂障碍如不治疗，易反复发作，长期的反复发作，导致患者疾病慢性化、人格改变和社会功能受损。由于病前的人格和疾病症状的影响，患者物质滥用、药物依赖发生率高。躁狂状态时，由于易激惹、冲动控制能力弱，判断力受损而做出非理智行为，有可能出现行为轻率、不顾后果，随意挥霍、盲目投资，乱交友、乱性行为，伤人毁物，等等，后果挺严重的，一定要重视。”

李护士急得直跺脚，问道：“郝医生，那我们该怎么办呢？”

李大厨插话道：“还能怎么办，把买的东西都退了，赶紧去医院治疗呗。”

说完，李大厨从兜里掏出一张银行卡，递给李护士。“这是我的工资卡，里面有8万块钱，你表弟治疗和还信用卡都需要钱，先拿去用吧。”

李护士搂着大厨的胳膊，笑着说：“我就知道我没看走眼，我家大厨虽然平日里抠门儿，关键时候绝不含糊，你对我表弟真好，给姐夫点赞！”

李大厨害羞道：“一家人不说两家话。”

再次响起BGM，“爱我所爱，无怨无悔，此情，长留，心间……”

“行啦，就别放背景音乐了，你俩也别秀恩爱了，快喊点外卖，我快饿死了。”老周抱怨着说。

李大厨：“外卖多贵，我这里有烧烤装备和食材，我烤给你吃。”

老周：“算了吧，我不想知道什么叫绝望，也不想体会被美味抛弃的感觉。”

李护士：“你们在说什么？”

李大厨赶紧圆场：“没什么，没什么，老周开玩笑呢。”

老周：“是这么回事，在你推门之前呢，李大厨拿出了他的烧烤，对你表弟……”

李大厨一把捂住老周的嘴。

我冲过去帮老周拉开李大厨，李护士也冲过来帮李大厨，拉开我和老周。

老周挣扎着，大叫道：“快放手啊姐夫，救命啊！姐夫杀人啦！”

6

一个月后，小贾恢复得不错，在家人的帮助下，刷的信用卡差不多还完了。可买那5套房的定金开发商却不肯退，磋商了好多次，对方仍旧不让步，让小贾遵守商业规则，即便医院出示疾病证明也没用。小贾倒是不着急，他说房价肯定会大涨。他东拼西凑，筹够了两年的按揭款，自己再找工作上班，跑业绩还房贷。

两个月后，房价暴涨，小贾的5套房价格翻了一倍多，价值一千多万。

有梦想谁都了不起，小贾说，这次，他要为梦想窒息。

它与她

我把包护士的微信推给了他，让他自己加微信。

他说不好意思，

我拍着肩膀对他说：“别怕，认识是治疗的基础，

敢于面对是治疗的第一步。”

1

周三早上，我在办公室倒了一杯茶刚坐下，隐约听到窗外有人在说话，我猫着头瞄了一眼，是李护士和李大厨在窗外的石桌边聊天。

“厨子，给你说个天大的事儿。”

“啥？神神秘秘的。”

“包护士的事儿。”

“包护士咋啦？”

“她呀，啧啧啧，乱。”

“哟呵，到底咋回事儿，说详细点。”

“昨天下午，我吃完饭后就回宿舍收拾房间，收拾完后就出去倒垃圾，到小树林的时候你猜我看到了什么？”

“看到包护士和院长在小树林里，做羞羞的事情。”

李护士揪着李大厨的耳朵说道：“瞎说什么呢，你脑子里都装的什么呀你。”

李大厨摸着耳朵，委屈地说：“不是你让我猜的吗？”

“我看到一个塑料袋，里面装着红色的东西，我也是好奇，以为是谁丢错了衣服呢，走近一看，你猜我看到什么？”

“你看到院长给包护士写的血书，院长发誓再也不挂包护士的电话。”

李护士揪着李大厨的耳朵臭骂道：“老娘真是服了你的想象力。”

“那你别叫我猜了，直说吧。”

“我看到，里面是一件内衣，而且我一眼就认出是包护士的。”

“你怎么认出来的？”

“废话，包护士160斤重，她的内衣我可以当围裙穿了。”

“额……就算是她的内衣，也没啥奇怪的。”

“关键是这件内衣上有一些白色的污渍，我当时还想可能是洗衣服的肥皂，走近一看真不是，我敢肯定是男人的精液，而且还有一根弯曲的体毛，这就更加肯定了我的推测。”

“院长，肯定是院长的。你有没有把那件内衣收起来，这可是证物。”

李护士一耳刮子打在李大厨的脸上：“你傻吗？我收集这个干吗？人家怎么玩关你我什么事？你脑子是不是结石了？”

李大厨摸着脸说：“我就这么随口一说。”

“我给你说，这事儿天知地知你知我知，可千万不能让第三个人知道。”

“放心吧，保证烂在肚子里。”

他俩聊完后各自走了，没两分钟，李护士来到我办公室，神神秘秘地说：“老郝，我给你说个天大的事儿，关于院长和包护士的……”

内容和刚刚我听到的大致一样，只是她把李大厨的猜测也加进来了。

到午饭的时候，院里基本都知道这件事了，除了包护士和院长。

2

吃完饭，李大厨和老周找到我，我一看他俩那表情，就知道要说啥，于是我抢先说道。

“别说了，我知道。”

“你知道啥。”李大厨凑过来说。

“包护士和院长的事儿。”

“瞎说，你这是断章取义。”老周义正词严地对我说。

“哦？难道不是这样？”

“刚刚李护士在那里又发现了一件内衣，上面也有男人的精液。”

“嗯，院长又作案了？”

“不是，院长今天根本不在，他去市里开会了，你知道这说明什么吗？”

“说明院长是清白的。”

“错，说明除了院长之外，包护士还和别的人……”

老周对我挑着眉毛，嘴角流露出一丝猥琐的微笑，这个表情甚至让我有些恶心。

“你们就别以讹传讹了，没证据就别在那里瞎说。院长绝对不是那样的人，包护士更不是。”

“证据？那内衣不就是证据吗？”老周反驳道。

“就算内衣是包护士的，那上面的东西就一定是院长的吗？”

“包护士平日里天不怕地不怕，唯一怕的就是院长，除了院长，你说咱院里谁能近她的身？”

“这些都是听谁说的？”

“李大厨说的。”

“大厨你咋张嘴乱说呢。”

“我也是听别人说的。”

“那咱们就赌一把，赌800块。我相信他俩是清白的，要是我输了，我给你俩一人400，要是我赢了，你俩一人给我400。”

“赌就赌。”

“咱仨轮流去那边守着，看谁丢的内衣，再顺藤摸瓜，我非要查他个水落石出。”

于是老周、李大厨和我轮流盯梢，他俩为了那400块，我为了包护士和院长的声誉。

3

老周在围墙上安装了一个摄像头，正对着那片垃圾堆。我们三人轮流看监控，看了一天还是没发现什么异常。

李大厨：“会不会是我们打草惊蛇了？”

老周：“有可能。”

我：“我看未必，昨天才内啥了，人家总得缓两天吧，持续作战身体吃不消。”

老周：“老郝可以呀你，老司机！”老周一脸猥琐地看着我。

功夫不负有心人，在蹲守到周五时，“嫌疑人”终于出现了。

中午大家都在吃饭的时候，正好我值班，看到一个人影鬼鬼祟祟地提着塑料袋出现在监控画面中，我赶紧跟上去，一路尾随，在拐角小巷处堵住了他。

他身材微胖，大高个子，额头滚着汗珠，穿着还是比较得体，一条灰色西裤配白色衬衣，领带有些松弛，皮鞋擦得透亮，脚后跟沾了一些泥土，梳着大背头，可能是很久没理了，还是略显凌乱。

他勾着头，手有点哆嗦，像个做错事的小学生。

“刚才都录下来了，我是看了监控过来的。”

“我……我错了，求你别说出去。”

他很紧张，在竭力地压低自己呼吸的动静，我仿佛能听到他的心跳。

“你是怎么进我们医院的？”

“我是患者家属，我爸爸在这里住院。”

“几床，啥病。”

“425，精神分裂。”

我看这人挺老实的，至少不像是大恶之人，便没想通知保安，先喊他到一旁的亭子石凳上坐下，进一步了解一下。

“别紧张，我看你这孩子挺老实的，这前后三次了吧，说说吧。”

“周二下午，我爸发病住院了，我给他办完入院手续。想找个没人的地方抽根烟，走着走着就到了女宿舍后面，看到上面挂着内衣，没控制住，然后就……”

“周三那件内衣，也是你拿的吧。”

他沉默了一下，点头说道：“是的，那天给我爸送点生活用品，也是到后面抽根烟，然后就……”

“今天呢？”

“今天没啥事，就是来看看我爸。”

“这习惯应该很多年了吧，第一次是什么时候的事？”

“我……”

他欲言又止，我继续说道：“你这是恋物癖，我可以帮你。”

他的手相互捏着，眼睛还是盯着地板，一分钟后再从兜里拿出一根烟来，点上后深吸了一口，缓缓地吐出一口烟，待情绪平静后说道。

“我叫高松，出生在一个大山里，家里很穷，祖祖辈辈都是农民，父母最大的心愿就是我能考个大学，走出大山。我深知父母的不易，读书都很努力，成绩也是一直名列前茅。后来以乡里最好的成绩考上了全县最好的一所中学。到县城里读书打开了我的新世界大门，每当寝室里的同学谈论男女之间那神秘的事情，我都会热血澎湃，我感受到身体有一种莫名的冲动。

“那时候我脑子总幻想着男女之事，成绩也下滑了很多。我不敢把成绩单给父母看，害怕他们对我失望，更害怕自己回到小山村种一辈子地，于是我努力克制自己，全身心地投入到学习中。经过一段时间的恶补，成绩终于又在班里名列前茅。我也因为没和同学去网吧打游戏，不看他们给的黄色小说，不和他们聊女人，而渐渐地被疏远。可我并不自卑，我的付出没有白费，高考时我以全县第二名的成绩考进了一所一流大学。

“大学期间，我很少参加同学们组织的课外活动和兴趣社，更别说谈恋爱了。我专注于读书学习，好在大学的学习任务相对来说比较轻松，使得我有一些空余时间供自己支配。靠着勤工俭学，买了一部手机，这才让自己显得稍微‘正常’一点。可对于那些男女之事，我却时刻告诫自己，要明白自己肩上的担子，不要耽误了学习。于是我继续压制内心的欲望。

“大二开学的第一周，我去水房打开水，路过女生宿舍，无意识地被晾在窗户外的一样东西深深吸引住了，那是一条粉红色小巧的蕾丝内裤，微风吹着它轻轻摇晃着，仿佛在向我招手，我脑海里不停闪烁着手机里那些赤裸的女性肉体。我告诉自己一定要得到‘她’，确定四下无人后，我迅速将‘她’取下揣进兜里，然后在小树林里把玩着‘她’。那晚，我第一次体验到真正的愉悦和性满足，所有关于女性身体的记忆画面，全部浮现在我眼前。那种从下体一直扩散到全身的酥麻感，是我从未感受过的，我被自己的身体震撼到了，从那以后我便深陷其中，欲罢不能。

“我不记得偷过多少内衣，尽管担心被人发现，担心名誉扫地，甚至被送进警察局，却还是克制不住自己，只要有机会，我都会去女生宿舍楼下偷内衣内裤。

“再往后，我的作案范围越来越大，我总会不自觉地留意别人家阳台上挂的内衣，商场的橱窗里、职工宿舍、小区阳台，甚至浴室外的垃圾堆里，我的眼睛总是会不受控制地搜索着身边的内衣。

“大学毕业了，我找到了一份不错的工作，这两年发展得还可以，收入尚可。一直没有谈对象，那种根植于内心深处的自责和自卑让我在女性面前永远都抬不起头，于是我‘重操旧业’，又开始小心翼翼地与‘她’约会了。我很厌恶自己的‘变态’行为，但我还是控制不住双手。

“父亲有精神分裂好多年了，之前治疗过，后来复发了。上次发病从楼上摔下来，差点丢了性命，所以我请了长假，带他来这里住院治疗。那天办完手续后，我到后院抽烟，发现了晾在后窗的内衣，于是就本能地拿了下来，后面的事你都知道了。”

他掐灭了烟头，拇指和食指来回捏着烟蒂，似乎还在回忆过往的一切。

4

“感谢你的坦诚和对我的信任，我也给你说说我的看法好吗？”

“您请说。”

“先来说说啥是恋物癖，所谓的恋物癖是指在强烈的性欲望与性兴奋的驱使下，反复收集异性使用的物品。所恋物品均为直接与异性身体接触的东西，如胸罩、内裤等，抚摸嗅闻这类物品伴以手淫，获得性满足，是一种性心理障碍。而这些癖好又主要集中在服装上，如黑色长袜、细鞋跟、吊袜带、紧身内衣、羽毛、制服……按照小说家安妮·普鲁的说法，触摸对方的衣物，就是在触摸对方的皮肤。”

“嗯。”他点点头。

“其实孩子对性产生好奇和关注，这是很正常的，需要父母正确地引导，让孩子了解性知识，比如，男性与女性的生理区别，生殖器官的构造，等等。如果父母谈性色变，甚至就将性列为家庭禁忌话题，这样会更加激起孩子的好奇心。如果孩子的好奇心得不到满足，就有可能做出一些错误的事情。这就是童年环境与性意识混乱对人格发展所起的阻碍作用。当对异性的渴望不能满足时，就会选择别的方式释放欲望，比如用女性的内衣来满足自己对异性的渴求。这种对大脑的刺激会不断强化，加之你性格内向，便很容易让你专注于这个爱好而不能自拔。”

“那我应该怎么办？”

“客观地说，目前医学界还没有治疗恋物癖的特效药，基础治疗通常会配一些药物控制异常的性冲动和改善情绪，并结合心理治疗、行为矫正治疗和家庭治疗等方式协同治疗，最终达到治疗目的。”

接下来和他聊了将近两个小时的治疗方案，他的眼神很坚定，也表达了自己治疗的决心，我也相信他一定能重拾信心，做不纠结的自己。

后来他拿了1000块钱给我，说是给包护士的赔偿。我把包护士的微信推给了他，让他自己加微信说去。他说不好意思，我拍着肩膀对他说：“别怕，认识是治疗的基础，敢于面对是治疗的第一步。”

5

我去病房转了一圈，便回到了办公室，老周和李大厨在那里等着我，见我回来后，李大厨质问我道：“你怎么擅离职守？”

我倒了杯水，说：“我去探寻真相了。”

“啥？你看到那个人了？是不是院长？”

“真不是，你俩一人400，给钱吧。”

“说清楚，不是院长，那还会是谁？”老周追问。

“是我男朋友，可以了吧。”包护士一把推开门，气势汹汹地说道。

“男朋友？你啥时候有的男朋友？”

包护士拉了一把门外的人，说道：“进来。”

从包护士身后缓缓走出一个人，羞涩地说道：“大家好，我叫高松，我是……”

“哎呀，急死人，我来说。他是我男朋友，他爸爸从老家来这里住院，前几天他住的我寝室，我们就内啥了，怎么滴吧。”

在场的各位下巴都要惊掉了，但是没人嘲笑或者起哄，因为包护士的率真和直爽是众所周知的，她敢拉着这个认识才1个小时的人给同事们介绍，内心肯定是认准了。

老周和李大厨各掏了400元放在我桌子上，我拿出200块，将这1000元交到包护士手里，说：“来，份子钱我先给了。”

包护士倒也不含糊，一把接过钱，揣兜里，说：“谢谢老郝，你们俩的呢？”

老周和李大厨对视了一眼，表示没这么多现金。

包护士：“那就先欠着，发工资了再给，我们走。”话音刚落，包护士拉着小高便转身离开了，应该是去下一个办公室了。

老周终于回过神来，望着李大厨说道：“我不是在做梦吧？”

李大厨看了看我，说：“刚才是假的吧。”

我指着他们手里的钱包说：“钱没了，是真的，不是梦。”

然后转身离开，不带走一片云彩。

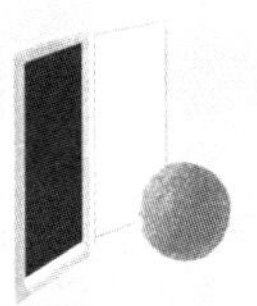

举杯成瘾愁更愁

“我有一老妹儿，那家伙，天天喝顿顿喝，我滴妈呀，那酒让她造的。可人家好好的，不像我，哪哪儿都是毛病。”

“你朋友属于‘危险性饮酒’，暂时扛得住，这样下去，身体罢工是迟早的事儿。”

1

“同志们，朋友们，还记得许多年前的春天，那时的我还没有脱去长发，没有信用卡也没有家，没有24小时热……”

“行啦，郝医生，让你说个祝酒词，咋还唱上了。”

“那好吧，我就说得简单一点，今天是9月9号，也是我们‘304房酒友会’召开的日子，已经第三个年头，当年的约定，我们如约而至，在喝酒这件事情上，我们不忘初心，牢记使命，在今后的日子里，更要砥砺前进，共创辉煌。我宣布‘304房酒友会’，现在开始。”

在一阵热烈的掌声后，大家纷纷举杯一饮而尽。

大家放下杯子后，李护士提着“酒壶”，挨个倒上了“酒”，在座的“嘉宾”也纷纷对李护士点头致谢。

靠窗户那边的敬旭顺势说道：“服务员，怎么还没上菜，麻烦给我们催一下。”

李护士放下手里的活儿，双手插着腰说道：“这是医院，是病房，给你倒点葡萄糖就不错了，还要下酒菜。给你脸了是不？给你个火烧你还管我要头驴呗。”

一阵哄堂大笑，李护士端着凳子在一旁坐下了。

我从袋子里拿出病例，稍加整理后说道：“现在进行点名，敬旭。”

“到！”

“吴亦环。”

“到！”

“黄健。”

“到！”

“李白。”

“到！”

“杨怿。”

“到！”

“郑海。”

无人回答，我又喊了一遍。

“郑海。”

黄健接过话说：“没来，这小子脱离组织了。”

“必须罚酒三杯。”

“对！”

“对对！罚酒三杯。”

下面的人起哄道。

我收起病例，说：“没来的当旷课处理，不光要自罚三杯，还要埋单。”

“好！”

一阵哄堂大笑后，大家你一言我一语地聊着。

看着这群老朋友，我是百感交集。

2

4年前，也是在这个304号病房，进来了6个患者，他们有着不同的家庭、事业、人生，却因为有着一个共同的病症而走到了一起，酒精依赖症。后来大家因病结缘，就约定每年这个时候，都回来开个酒友会。

6人喝酒的原因各不相同。

敬旭，物业经理，福建人，他自幼习武，打小就喜欢舞刀弄枪，自称是少林寺俗家弟子，家里开了一个酒厂，打生下来，第一口喝的是妈妈的奶，第二口喝的就是爸爸的酒。他接管酒厂，成了酒老板。接手后开展了高端礼品酒业务，也因此结识了很多大老板，私交甚好。也因多次喝高了被送进医院，而成为一些私人医院的顶级VIP客户。他重要的接待，酒店外都会有医院的急救车候着，这种喝法家里人劝都劝不住，他说是工作，其实是酒瘾控制不住，就好这口。敬老板上顿陪下顿陪，终于陪出了胃下垂，倒在了工作岗位上。

吴亦环，东北老爷们儿，这群人里年龄最大的一个，读书不多，但是特别有经济头脑。1987年，包括绥芬河在内的四个边境口岸正式开放，那时候没有商场没有柜台，易货贸易是最初的交易方式，吴亦环就是中俄边境上的第一批倒爷。他把国内的服装、锅碗瓢盆、小家电等日用品和俄罗斯人换皮大衣、狗熊皮、大绒帽。这一来一回的，赚了不少。手里有点钱了，人就开始飘。绥芬河天冷，大家都喜欢喝点酒暖身子，老吴也跟着沾点，时间长了，一喝就收不住了，一开始是二锅头、高粱酒，后来直接喝起了伏特加，一次喝醉后玩俄罗斯轮盘，手持左轮手枪连开六枪，最后一发子弹偏离弹道后在耳朵上打了个窟窿，幸亏最后一枪被朋友推开了，他才捡回一条命。从此，再也没人跟他玩俄罗斯轮盘了。

黄健是夜店主管，广东小弟，外表俊朗，喜欢穿紧身小西服，一身高仿奢侈品加上一米九的大高个儿走哪儿都是焦点。他家世代都是渔民，爷爷在出海打鱼的时候喝大了，掉进大海里喂了鲨鱼。他爸爸因为喝多了和别人打架，用酒瓶子给别人开了瓢，判了十年。他24岁那年，因为在表哥的婚礼上喝多了，非要拖着嫂子入洞房而一战成名，成为远近闻名的“酒霸”，因为他必须把在场的人全部喝倒才肯罢休。用他的话说，喝酒就是打仗，不是你死，就是你亡。

李白，来自上海的建筑公司老总，他说，当初父母取这个名字是想让他和李白一样做一个文人骚客，吟诗作画。后来吟诗作画没学会，李白的酒量倒是学了不少。他大学学的是土木工程，毕业后一开始在工地上做项目，小伙子性格豪爽为人耿直，业务能力也强，一步步走上了管理岗，直到在酒桌上以一人之力单挑甲方8人，其中6人胃出血，两人进了抢救室，并拿下年度最大项目的辉煌战绩，成为公司的酒桌明星。他喝高兴了通常会李白附体，端着酒杯朗读《将进酒》，念一句喝一杯，并准时在“古来圣贤皆寂寞，惟有饮者留其名。”这句呕吐不止。

杨怿，四川人，一口流利的川普让人印象最深刻。因为喝酒先后丢掉了5份工作，为了给他戒酒，家里托关系找了一份护林员的工作，那地方可以说是寥无人烟，步行一小时才有一个小村庄，再从村里坐拖拉机2小时才到镇上。工资卡家里人收了，每月只给150块的生活费。为了筹酒钱，他便采中药卖，这算是找对了门路，常年在大山里转悠，哪里有什么药材他门儿清，没多久就成了当地远近闻名的药材商。没事儿就泡蛇酒喝，小库房里全是蛇酒，也不知道是没密封好还是蛇命大，有一次开坛取酒，一条毒蛇直接从酒缸里蹿出来，咬在他的嘴上，杨怿当场晕厥，嘴巴肿得跟香肠似的，幸好被巡视的同事发现才保住了一条命。

郑海的情况我们知道得并不多，只知道他是退伍军人，以前是武警，在西南某监狱看守犯人，因为他性格内向，很少与人交流，怎么和酒打上交道的，我们也不清楚。绝大部分时间里他都是在听我们说，倒可乐的时候就笑两下，属于那种忽略不计的小透明。

3

敬旭拿着酒杯，对我说道："郝医生，这个葡萄糖没有去年的香醇，是不是存放的时候见光或者挥花了？"

杨怿："话都说球不称展，他说勒是挥发。"

敬旭："那你说这酒怎么样？"

杨怿摇着杯子观察道："嗯，这酒也不挂杯，肯定掺了水，医院进货把关不严哟，喝个铲铲。"

吴亦环："大兄弟，喝个铲铲是啥意思？"

杨怿："就是喝个锤子。"

吴亦环："嘿，找削是不？"

敬旭："你们四川人这个普通发说得也太不标准了。"

杨怿："胡建人好意思说我普通话不标准，你还弯酸呢。"

黄健："你们两个一担担，不服的话出去开片啦。"

大家你一言我一语斗嘴的时候，李白端着酒杯念诗道："安定美酒郁金香，玉碗盛来琥珀光。此酒也没有那么差，以我多年品酒经验来看，这酒低而不淡，不浓不猛，回味悠长，倒入杯中过夜香气久留不散，且空杯比实杯还香，令人回味无穷。"

李护士说道："那是因为你拿的是验尿杯。"

李白一口水喷了三米远，转身弯腰干呕起来，引得大家哄堂大笑。

吴亦环实在看不下去了，站起来说："瞅瞅你们这些人，还是不是老爷们儿！啥玩意儿都不懂就在那儿瞎说，这是酒吗？这是葡萄糖。"

李护士转身表扬道："你们看看人家吴亦环的觉悟，才不跟你们一样执迷不悟，离了酒就跟丢了命似的。"

吴亦环继续说："老妹儿，葡萄糖撤了吧，麻溜把消毒酒精整点来，我这儿还有点花生，咱哥几个今天好好唠唠磕，不醉不归。"

"你给我滚！"李护士锤着吴亦环的肩膀说道。

又是一阵哄堂大笑，我站起来阻止了李护士的打闹，说："行啦，你们也长点心。别忘了，你们是连续复发三次的酒精成瘾症患者，治一次复发一次，喝点葡萄糖都品上了，张口闭口都是酒，别怪我乌鸦嘴，你们要是管不住嘴，这复发，也是迟早的事。"

杨怿："这龟儿子酒不好戒，我一个弟弟也是爱喝酒，我劝他来医院治疗，他非说这里不是人待的地方，都是用电击治疗的，弄死都不来。"

我："你告诉他，这是误区，我们对于酒精依赖症的治疗，第一阶段为急性脱瘾期，治疗时间为2周。有效控制阶段症状，予以护肝、护心、护胃、护脑、营养脑神经治疗。第二阶段为预防复饮，治疗时间为1个月左右。有针对性选择复发药物，降低复发率。对饮酒相伴发的精神障碍患者，及时、恰当地使用药物能有效缓解患者的症状，从而提高酒精相关障碍治疗的疗效，并加强心理辅导治疗。第三阶段后续治疗，治疗时间1年左右，患者出院后坚持服药1年，每月定期门诊咨询后续治疗，如有特殊情况饮酒后，及时就诊以防止发展为复饮。"

李白："若真如你所说，为何我等纷纷复发？还在此地喝这无菜之酒。"

我：“别赖我，戒酒治疗后，患者必须做到滴酒不沾，否则就会前功尽弃，治疗后的复饮率有60%，‘心瘾’一般可以持续2年左右时间，能否控制好‘心瘾’是决定能否彻底戒断的主要因素。停酒后的2~3个月内，‘心瘾’表现最强，以后随着时间的推移会逐渐减轻，解铃还须系铃人。”

敬旭：“郝医生说的真是，每次出院回家我都下定决心戒酒，前一个月做得很好，我花誓从此以后滴酒不沾，只要是喊喝酒的电发我一律不接，但凡是喝酒的饭局我一律不参加。后来到了第二个月，那是真受不了，看到微信群里朋友们喝酒的视频，我是坐立不安，就想喝点解解馋，后来还是没忍住，喝了两次就控制不住了。哎，真的没办花呀，我不喝酒也是醉了。”

吴亦环：“要我说也是奇怪，我有一老妹儿，那家伙，天天喝顿顿喝，我滴妈呀，那酒让她造的。可人家好好的，不像我，哪哪儿都是毛病。”

我：“长期饮酒，平均饮酒量超过了安全界限，即便身体健康，却会增加出现疾患的危险性，我们称为‘危险性饮酒’；如果已经造成了身体和精神的伤害，并对生活工作造成影响，我们称为‘有害性饮酒’；如果饮酒的时间和量达到一定程度，饮酒者无法控制自己的饮酒行为，出现耐受和戒断症状，我们称为‘酒精依赖’；你朋友属于‘危险性饮酒’，说白了就是身体暂时扛得住，这样下去，身体罢工是迟早的事儿。”

杨怿：“那喝多少量才是稳当呢？”

我：“世卫组织推荐的低风险饮酒量标准是：1．每天饮酒不超过20克纯酒精，即酒精度数×酒的摄入量×0.8=纯酒精量；2．频率为每周不超过5天，也就是每周至少2天不喝酒。”

敬旭：“我们这样喝下去，身体会怎样呢？”

我："这就不是单纯戒酒的事了，长期过度饮酒会造成躯体、精神、社会功能等多方面的危害，内脏系统和神经系统损害最为明显，会损害肝脏、食管、胃黏膜，大量饮酒导致黏膜充血、肿胀和糜烂，出现食管炎、胃炎、溃疡病。最重要的是酒精在肝内代谢，对肝的损害是最大的，严重者会造成酒精肝、肝硬化、肝癌。短时间过量饮酒会麻醉生命中枢，使心跳停止运作，甚至导致死亡。"

杨怿："哦豁，老子憋憋要戒酒。"

吴亦环："瞧你说得轻松，你做得到吗？要我说，咱们几个得儿喝的，肯定没人做得到，包括郑海那瘪犊子。"

李白放下酒杯，抢话道："郑海可戒了。"

4

沉默片刻后，有人打破了尴尬，追问："嗯？郑海戒酒了？不对，不是没人联系过他吗？你怎么知道他戒酒了的？"

李白整理了下衣袖，假装不经意地说："没什么，别大惊小怪。"

杨怿："你莫消扯把子，郑海现在啷个了？"

李白在大家的追问下，喝了口"酒"，缓缓说道："桃花潭水深千尺，不及郑海送我情。曾几何时……"

"就别念诗了，说正事儿吧。"

"就是，说了半天还都是抄袭的，好好说话。"

李白安抚大家道："好好好，我说我说。去年，也就是我们出院的一个月后，我公司接了一个大活儿，要成立一支50人的安防队，负责三个幼儿园，两个小区和一个商场的安防工作，正是缺人手的时候，安防队长这个岗位一直招不到人，正好想起了军人出身的郑海，我就给他打了个电话，大致情况给他说了后，他不是很愿意，觉得自己胜任不了这份工作，我拍着胸口说，出了事儿我扛着，让他放开手脚干就是。他答应了，但我提了一个条件，那就是必须戒酒。”

“他做到了吗？”

“这事儿我也考虑过，毕竟我们都是戒酒路上的逃兵，正如郝医生所说，是酒瘾复发概率最大的时候，我以为他会再喝上，没想到他挺过来了。军人以服从命令为天职，也许是因为他骨子里军人的品质吧，安保队的作息和部队一样，作为队长的他把部队的管理模式搬了过来，自己以身作则，起得最早睡得最晚，训练、演习、查岗、内务、打扫卫生，部队有的制度他一个没落下，喝了那么多年的酒，他还真给放下了。”

“那他今天怎么没来？”

李白：“三个月前吧，他在小区巡逻，看到七楼住户的阳台上站着一个人，又唱又闹的，好多人都在下面围观。那人越走越靠前，最后失足掉了下来，就在这千钧一发之际，郑海冲上去用双手接住了他，自己却被砸成了重伤，送到医院的时候已经没了气，走了。”

大家都不说话了，房间里安静到了极致。

我：“那个坠楼的人怎么样？”

李白：“断了几根骨头，一个月后就出院了，在郑海床头放了一篮水果后就再也没找到人。”

我：“跑了？”

李白：“那人是小区里出了名的酒鬼，经常喝多了躺在大马路上，或者满大街撒泼发酒疯，那房子是租的，半年没交房租了，那天是喝多了酒，在阳台上发酒疯才失足跌落下去的。”

吴亦环欲起身继续追问，却欲言又止。

李白：“郑海以前一直劝我戒酒，我也没当回事儿，他之前还说，今年的聚会上好好劝劝大伙儿，这下是来不了了。从那以后，我就再也没喝过酒，咬咬牙也就挺过来了，这玩意害人害己，没啥意思。”

李白环视了一圈，再盯着手里的杯子，对大家说：

“要不，都别喝了吧。”

沉默片刻后，大家纷纷放下了手里的杯子。

敬旭：“我对天花誓，再也不喝酒了。”

吴亦环：“我要是再喝酒，就让雷咔咔劈死。”

黄健：“以前把心唔定，想想郑海，还是戒了吧，再喝就扑街。”

杨怿：“喝个锤子，哪个龟儿子再喝。”

这次的治疗效果很好，每个人都很配合，一个月后都出院了，以后也再没复饮。

5

周末，李白开着车，带着我、老周和李护士来到了一个农场，采蔬菜和水果。老周一下车便直奔果园摘果子，李护士先去上厕所，在院子里看到一个人差点没吓哭，尖叫道：

“啊——郑海？你……你……你不是死了吗？”

“我是鬼，你当初不给我酒喝，来找你要酒呀。”说罢，郑海便去伸手抓李护士，李护士吓得直尖叫。

我拉着李护士解释道：“好了好了，他骗你的，他根本没死，都是李白编的。”

李护士慢慢抬起头：“编的？为什么要骗他们呢？”

“我还不是为了让他们戒酒。”李白说，“郑海想搞养殖，我就投了点钱，反正他忙得很，没时间参加酒友聚会，我就将计就计，没想到那群人还真戒了。”

李护士：“那，要是在街上遇到他们怎么办？”

郑海翻着眼睛，张牙舞爪地追着李护士说：“我就说，我是鬼，来找他们要酒呀。”

“啊——滚开！”

抑郁阻击战（一）

“什么是抑郁症？”

“你要听专业的还是不专业的？”

“专业的。”

“抑郁症以显著而持久的心境低落为主要临床特征，是心境障碍的主要类型。”

“不专业的呢？”

“就是情绪的感冒。”

1

“将军，时机已经成熟了，可以行动了吗？”

山坡下的树林里停着一辆指挥车，车内坐着本次行动的指挥官——抑郁将军，他身经百战，经验丰富，是精神疾病世界里最优秀、最彪悍的指挥官。

人的身体在抑郁将军的眼里就是一座城池，他会一步步靠近，一步步伪装，一步步进攻，最后将这个城池打得支离破碎，土崩瓦解。中国有大约3000万抑郁症患者，得到系统治疗的只有10%左右，很多人都是他的手下败将。

抑郁将军的身后是目露狰狞的抑郁军团，他们正在酝酿着一场杀戮。抑郁将军右手夹着半支雪茄，左手规律地在大腿上点着节拍，身着黑色大衣，耸立的衣领遮住了脸颊，只露出一双深邃的眼睛望着桌面上的地图，那个用红圈标记的地方是雷达站，防守最薄弱，犹如对方的七寸。

大家屏住呼吸，等待着他的最后指令。将军抬起手，看了看时间，刚好7点整，将军按下车窗，对着城墙方向弹出了手里的烟头。

这是杀戮的指令，抑郁军团手里的武器早已饥渴难耐，他们对雷达站展开了猛烈的炮击，恨不能把这个城池化作一片火海。

抑郁将军看着远方的炮火，嘴角微微抽动了一下，再将目光移至桌上的地图，地图标题处赫然写着两个醒目的大字，刘洋。

2

早晨7点整，一阵强烈的耳鸣将刘洋的瞌睡全部撵走，他耳朵里传来持续的“嘤——”声。这种前所未有的感受让他不知所措，他先确定自己是身处房间内，四周很安静，也就是说这声音不是外界发出来的，他用手掌拍了拍耳朵，声音略微弱了一些，他又拍了拍脑袋，还是能隐约听见，还会间歇性出现胸闷头痛。带着这些躯体感受，刘洋开始了他煎熬的一天。

对于身体的变化，刘洋似乎早有准备，他知道自己“不对劲”。最近几个月以来，他基本上都是凌晨2点才睡，4点的时候又再次醒来，后来连他自己都不知道是怎么睡着的，迷迷糊糊中又醒来了。

这一切都得从半年前开始说起，半年前，刘洋用自己所有积蓄付了首付买了房，55平方米的小屋承载着他最大的幸福。这原本是一个美好的开始，可是因收入有限，每个月的按揭款却让他心力交瘁，工作上接连失误，也让他备感压力。屋漏偏逢连夜雨，两个月前，母亲出了车祸，巨额医疗费让这个本不富裕的家庭更加雪上加霜，在这种心理打击之下，原本就沉默孤僻的刘洋变得更加情绪低落，经常一个人哭泣。

间歇性的胸闷头痛早已让他苦不堪言，耳鸣严重时他甚至想用竹签扎破耳膜，他宁愿当一个听不到声音的聋子，也不愿听到这永无止境的耳鸣声。

一连几天的耳鸣让他觉得身体有恙，自己去网上查了一下，网上说得挺严重的，觉得不靠谱，左思右想，最后挂了耳鼻喉科。

因为刘洋之前有过贫血，所以此次耳鸣便被误诊了，拿的药完全不对症。他并不知道，这些只是抑郁症的开始。

抑郁症除了情绪低落、兴趣下降、乐趣丧失这三大核心症状之外，还会存在一定的伴随症状，比如说睡眠障碍、食欲下降、消极厌世、性欲减退以及各种各样的躯体不适症状，自主神经功能失调的症状也较常见，病前躯体疾病的主诉通常加重，躯体不适的体诉可涉及各脏器，如恶心、呕吐、心慌、胸闷、出汗等，耳鸣就包含在躯体不适症状当中。

3

“将军，他们在调查，到处抓人。”

“哦？情况怎么样？”

“找错了，我们的伪装很真实，成功地骗过了他们，根本没有发现我们。”

“哼！果然不出我所料，他们抓的谁？”

“抓的贫血将军，他以前也攻打过城池，不过他实力有限，难成气候，化验单一查一个准。”

“也好，有人顶罪，我就可以展开下一步攻势了。”

“这段时间对方损失惨重，防御工事已经被我们撕开一道口子了。”

“都在我意料之中。”

“看来将军对这座城池了如指掌啊。”

“这座城我窥视已久，这里防御工事年久失修，三个月前我就派了特工去破坏他们的时钟，扰乱他们的作息时间，加上两个月以来的雨水侵蚀，破败的城墙和防御工事早已变得形同虚设，我处心积虑这么久，现在该收网了。”

“那接下来怎么办？”

抑郁将军点上一支雪茄，深吸了一口，用食指抖了抖烟灰，说道：“上炮。”

抑郁军团一个个跟打了鸡血似的，纷纷跑向树林边的小山丘，在取下一大片树枝遮蔽物后，一个庞然大物跃然眼前，这就是大口径“迟滞炮”。

这种“迟滞炮”会造成精神运动型迟滞，常见于内源性抑郁者，在心理上表现为思维发动的迟缓和思流的缓慢，同时伴有注意力和记忆力下降，行为上表现为运动迟缓，严重者可达到木僵程度。

抑郁军团熟练地操作着炮台，不时发出充满野性的嘶吼，精确瞄准后，一声令下“开火”，一发发炮弹如同雨点般落在城内，城里防空警报响起，到处都是爆炸声，哀号遍地。这种空袭的可怕之处还在于它是不可预见的，抑郁将军选择的是随机轰炸，只要防空警报一响起，整座城都会如同惊弓之鸟。

4

这段时间，刘洋工作效率很差，反应总是比别人慢半拍，经常出错。老板也察觉到了变化，知道家里出了事，就给他放了年假，回家休整。

休假第一天，他便去给逝去的妈妈扫墓，妈妈是这个世界上最疼爱他的人，看着妈妈的墓碑，历历往事涌上了心头。

刘洋的爸爸是个酒鬼，一喝醉酒就打他和妈妈，母子俩常年躲在邻居家里，酒鬼老爸就连邻居一起打，后来邻居报了警，警察将他爸爸带走了，但也没关几天就放出来了。自那以后，邻居也不敢让他们躲了，父亲再喝醉，妈妈就带着他往山上跑，躲在土地菩萨的石窟里。

八岁那年，爸爸大年三十喝多了，掉进池塘淹死了，办丧事的钱是向亲戚借的，直到出殡刘洋都没有哭，一滴眼泪也没流。他发誓要让妈妈过上好日子，那年春节，他和妈妈终于过了安静祥和的年。

山里的孩子要走出来只有考大学，刘洋也争气，学习成绩一直都名列前茅，母亲节衣缩食供他上了大学，出来后在省城找了份不错的工作，在一家软件公司做程序员。农村孩子的诚实和认真受到老板的赏识，待遇也给他提高不少。刘洋知道老板的用心，为了对得起老板，更是拼了命地工作，急难险重的工作都揽过来自己做，把公司的业绩看得比自己的命还重要，辛苦付出的同时，也让他成为公司的业务骨干。

母亲早些年田间地头干农活，落下了老寒腿，现在行动不便。刘洋就想着买个房子，把她接过来住，好有个照应。于是在城西郊区买了一套小户型，三个月前收了房子，55平方米的小套一，刘洋把卧室给了母亲睡，自己在阳台搭了个行军床。母子俩总算过了几天安生日子。就在不久前，母亲下楼买菜，在大街上被摩托车撞了，肇事司机也逃逸了，母亲在重症监护室待了几天还是没抢救过来。肇事司机被找到了，是个酒鬼，全身上下最值钱的就是肾了。

刘洋不敢悲伤，如果他一蹶不振，那一切都完了。他知道自己是母亲全部的希望和寄托，也告诉自己一定要好好地活下去，他强迫自己成为“豁达”的人。

他计划用这种硬碰硬的方式在一周的假期里让自己快速调整状态，找回曾经的自己。

剩下的几天假期他都在家里待着，不敢也不想出门，母亲仿佛从未离开，但又遥不可及。他强迫自己不去想，可是越是压抑越是爆发。这个假期没有让他的情况好转，反而变得糟糕了，因为他面对的是抑郁症，是生物、心理与社会环境诸多方面因素参与的发病过程，治疗并非是简单地让自己“变豁达”。更糟的是，他并没有发现那个隐藏在暗处的凶手。

5

“将军，一切都在您的计划之中，城里现在人心惶惶，我们势如破竹，完全没有招架之力，能不能直接冲进去了？”

“不，现在时机还未成熟。”

将军看了看桌面上的地图，指着地图上的一个地方，说道：“今晚你带一个小队，趁着夜色潜进去，把这个传导站给我端了。”

这种定点打击是抑郁将军的撒手锏，也称快感阻断，表现有四：第一，丧失了从快乐活动中获得高兴愉悦的体验，想高兴都高兴不起来；第二，兴趣体验的减退，对外界事物毫无兴趣，以前喜欢的东西和事情，现在都味同嚼蜡；第三，患者内心对常见的情感体验感受不到，对悲痛的事情缺乏触动；第四，对外界事物的刺激主观上无法表达出来。

这种阻断是大脑的器质性病，它切断了通往欲望的通道，会让人情绪极度低落，觉得做任何事情都毫无意义，感觉不到快乐，属于人类的所有快乐，各种欲望统统消失。

“将军，我不太明白，端这个干什么？我们继续炮轰不就胜利了吗？”

“不，我们是抑郁症，这座城就是一个人，你记清楚，我们的目的不是折磨他，而是死亡。”

“端了这个传导站他就会死亡吗？”

“不，是死亡的开始。”

6

在回公司的这段时间里，刘洋的状态差极了，整个人情绪极度低落，没什么能提起兴趣，不管是工作还是生活，一切都味同嚼蜡，完全感受不到外界事物所具有的欢乐情绪或者情感体验，日子过得十分煎熬。

下班后公司聚餐，是一家日本料理，原本安静清幽的餐厅因为同事们的打闹顿时变得很嘈杂。他坐在最里面的角落里，耳鸣还在继续，席间的每一次大笑仿佛都刺激着他的听觉神经，仿佛空气稀薄到无法呼吸，更要命的是，无论大家说什么段子，聊什么趣事，他都听不进去，也笑不出来，只是坐在那里一言不发，任由身体忍受着各种折磨。

这时，坐在左手边的同事主动和他聊起天来：“刘洋，你最近怎么啦？跟丢了魂似的。”

“没有，我只是……”

“我知道了，哎，人死不能复生，老人家也不希望看到你这样吧，振作起来，开心点。”

“对不起，我，我……”

如果在以前，刘洋会哭得很伤心，因为抑郁症会将情绪放大，一说起离世的母亲，他都会哭得稀里哗啦，那种情绪根本控制不住，情绪如洪水一般泛滥，不管愿不愿意，都得哭。但是现在他没有哭，因为随着病情的加重，他想哭，却根本哭不出来。整个人有点像架空了，对此时的刘洋来说，哭，已经变得很奢侈了。

刘洋双手抱着头，坐在椅子上一动不动，大家见状后，渐渐地安静了下来。

老板环顾四周，说道："刘洋，男子汉大丈夫，流血流汗不流泪，什么事是放不下的？什么坎是过不去的？有困难跟我说，有我在，谁敢欺负你，我让他把办公室搬到卫生间去。哈哈哈哈哈。"

老板自以为抖了个包袱，结果根本没人跟着他笑，也只能端起杯子喝水用以掩饰尴尬。

大家都在你一句我一句地安慰他，有的人说人死不能复生，都走了，想开点；有的劝他要坚强，以后路还长；有的劝他已经混得不错了，要知足；有的直接嘀咕他装神弄鬼，是矫情。话越说越离谱，甚至有点伤人。

一旁的女同事小雪见状后说道："大家都别说了，让他安静一会儿吧。"

现场再次沉寂下来，渐渐地聚会的氛围也没了，寒暄几句后，同事们相继离开，只留下小雪和刘洋。

"都怪我，害得大家不高兴，都怪我。"

"你别自责了，跟你没关系。"

"我只是，我……"

"好了，别说了，有我陪着你呢。"

小雪虽然不知道他是怎么回事，但能感觉到他的痛苦，仿佛有一个无形的牢笼死死地困住了刘洋，让他支配不了自己的身体。

7

"将军，这座城已经不再属于里面的人了。"

"还不够，现在城还在，人也还在。我说过，我要的不是折磨，而是灭亡。"

“那接下来我们怎么办？”

“围而不攻。”

“这样只能耗时间，怎么灭亡呢？”

“围而不攻只是战略，这么做的根本意义在于，让这座城彻底地——绝望。”

很多抑郁症患者都会把自己封闭起来，封闭是他对抗外部世界的本能防御方式。他们不但丧失了快乐、希望，最后还丧失了爱的能力和行动的能力。加上自我评价的无限降低、自责、自罪，患者普遍觉得未来一片灰暗，看不到任何希望，痛苦和巨大的无价值感，足以吞噬他的一切。这个时候，人就成了行尸走肉，自杀是另一种防御方式，也是终极防御。

在抑郁军团的合围下，这座城被围了个水泄不通，和外界彻底断绝了联系。里面最初的哀号声也渐渐地变弱了，似乎平静了很多。抑郁将军知道，他们已经痛苦到没有力气了。

8

40多个未接电话，手机已经快被打到没电了，刘洋看着身边的手机，虽是触手可及，却没有一丝力气接听。

他已经两天没有上班了，这段时间他的情绪彻底到了谷底，不管是自己的失误给公司造成的麻烦，还是阳台上花朵的枯萎，不管是父亲的离世，还是母亲的车祸，一切的一切，他都会陷入深深的自责，甚至对于自己的存在，本身就是一个错误，人生不是一场不断探索的旅程，而是一场炼狱。

他把自己关在房间里，门窗紧闭，和这种令人窒息的绝望相比，耳鸣的痛苦早已不算什么。

正午时分，窗帘的缝隙里照进来一束光，狠狠地砸在刘洋的脸上，对光的极度敏感迫使他举手拉上窗帘，他努力地站起来，走到阳台边。

看着窗外模糊的车流，晃动的树枝，这时耳鸣声不见了，耳朵变得前所未有的清澈，刘洋的身后站着一个人，是抑郁将军，他表情冷漠，声音却磁性温柔。

“你太累了，该休息了。”

“都因我而起，我想结束这一切。”

“没错，跳下去就都结束了，没有人会痛苦，没有人会责怪。”

刘洋被这个突如其来的声音打动了，这一切出现得恰到好处，这种“豁达”瞬间让他放下了一切痛苦。

他脸上划过一丝微笑，慢慢地抬起右腿，跨过栅栏，凝视着这个世界，准备迎接新的“开始”。

这时，突然一个身影一闪而过，往刘洋的胸口猛踹了一脚，将他踹回了房间里。

他渐渐失去了意识，迷迷糊糊中隐约听到有人在喊自己的名字：“刘洋，你醒醒啊，刘洋。”这个声音很熟悉。

“小雪。”刘洋说完这句话，便晕倒了。

抑郁阻击战（二）

“什么是抑郁症？”

“你要听专业的还是不专业的？”

“专业的。”

“抑郁症以显著而持久的心境低落为主要临床特征，是心境障碍的主要类型。”

“不专业的呢？”

“就是情绪的感冒。”

1

“将军，这一仗差点就拿下了。”

“不急，鹿死谁手，还不一定呢。”抑郁将军望着硝烟弥漫的城池，缓缓说道：“那一脚是谁踹的？”

“据情报分析，对方装备精良，能飞檐走壁上天入地，甚至还能控制环境温度。”

“哦？这到底是何方神圣？”

2

“我这是在哪里？”

“医院。”

“我怎么在医院？”

“你啊，要跳楼，幸亏被楼上安装空调的师傅看见，一脚把你踹进去。小雪正好过去找你，见你晕倒了，这才把你送进医院的。”我给刘洋倒水，继续说道：“我叫郝文才，是你的主治医生。”

刘洋似乎在努力回忆之前发生的一切，持续的耳鸣胸闷瞬间勾起了之前的痛苦回忆，他突然捂着头，痛苦地叫道："我的头……"

"你先别动，尽量不要去想任何事，把脑袋放空，有任何身体症状或者负面情绪来了，你都别抵抗，让它来，让它走。"

听了我的话，刘洋做了尝试，渐渐安静下来了。

"你女朋友给我说了你的近况，初步判断你可能是抑郁症，待会儿我给你做个诊断。"

"抑郁症？什么是抑郁症？"

"你要听专业的还是不专业的？"

"专业的。"

"抑郁症又称抑郁障碍，以显著而持久的心境低落为主要临床特征，是心境障碍的主要类型。"

"不专业的呢？"

"就是情绪的感冒。"

"等等，我没听错的话，你刚刚说我女朋友给你说了我的近况？我没有女朋友啊。"

"她说的她是你女朋友。"

这时小雪端着粥推门进来了。

"喏，你女朋友来了。"

小雪的脸瞬间红到了耳后根，手忙脚乱地差点踢倒了水瓶。场面一度很尴尬，小雪边盛粥边找话题说道。

"我也不太清楚什么是抑郁症，刚刚在网上查了一下，很多患者都会有自杀倾向。"

刘洋接过粥，回忆着说道："那瞬间似乎有人在跟我说话，让我跳下去。"

小雪接过话狠狠说道："他可真够缺德的。"

3

“阿嚏！谁在说我？！”抑郁将军打了个喷嚏道。

4

“老板知道了你的情况，让你安心养病，公司的事情他会安排。”

“老板人真好。”

“是啊，公司同事都说来看你，大家都为当初对你的误解感到抱歉。我问过郝医生，他说你现在不适合见人，让他们过段时间再来。”

5

“机会来了，给我狠狠地打。”作战室里的抑郁将军随时观察着战况，一有机会就开始狂轰猛炸，他指挥着佣兵们，往城池里倾泻着炮弹。

6

刘洋内心突然感受到强烈的自责，这也是抑郁症的典型症状，他鼻子一酸，哭了起来。

“郝医生你看，他以前也经常莫名其妙地就哭，劝也劝不住，哎，可咋办呀。”

我倒了一杯水，递给小雪，说道：“这是抑郁症的表现之一，你别急，你先喝口水冷静一下。”

“我？”

“不是你难道是我？”

“不应该让刘洋冷静下来吗？”

“他慢慢会冷静的。”

接下来我什么也没说，只是安静地等着，因为这个时候任何劝说都是多余，只是需要耐心等待，等待刘洋情绪平复。

半小时后，刘洋的情绪平复了很多，我把他带去了诊室，通过量表测试和问诊，确诊了抑郁症，并制订了治疗方案开了药，然后回到了病房。

刘洋服用药，休息了一会儿便睡着了，小雪边削苹果边打开了话匣子，和我聊了起来。

“郝医生，我不太懂这个抑郁症，能问一些问题吗？”

“可以啊，了解是治疗的基础，认识抑郁症是非常重要的。”

“我在网上也查了一些资料，但是都说得很玄乎，怎么区分抑郁情绪和抑郁症啊？”

“抑郁是一种普遍的心理状态，生活中每个人或多或少都会有抑郁情绪。打个比方吧，我们把身体比作一座城，抑郁情绪就像周边的土匪，他们会时不时来干点偷鸡摸狗的勾当，偶尔会下个毒放个火啥的，但不会造成大的危害。抑郁情绪要及时疏导，就好比城池的四周城墙得及时维护和检修，否则千里之堤溃于蚁穴，量变积累到一定程度必然引起质变，情绪低落持续两周以上，就要警惕抑郁症了。他们积少成多，犹如土匪一样集合在一起，成为一支武装到牙齿的军队，那战斗力就不容小觑了。”

7

“阿嚏！怎么肥四，是流感吗？”雇佣兵团集体打了个喷嚏。

8

小雪喝了口水，继续说道：“情绪低落这个概念很抽象啊，如何判断自己是否情绪低落，找出这些‘土匪’呢？”

“首先是做事丧失兴趣，之前自己感兴趣的事情现在都提不起兴趣了，即使勉强去做也毫无乐趣可言，再一个就是注意力难以集中，做事无法专心，常常走神，而且经常感到绝望和沮丧，重点是这些是持续两周以上的。”

“哦，我去网上的量表对照过，好多都符合，我估计也快抑郁了。”

“这可不行，千万别给自己贴标签，网上有很多检测量表，不建议自己做，自己做检测会带入情绪，不是抑郁也吓成抑郁了。早期抑郁症做身体检查是查不出来的，一般的诊断是通过心理测试，患者的陈述以及家属提供的病史来综合判断。诊断和治疗的事留给医生来做，你要做的就是信任和配合。”

“这些‘土匪’还真厉害，好端端的大活人，以前都生龙活虎的，居然变得这么消沉，还要自杀。郝医生，我不太明白，那这些‘土匪’聚在一起成军团后，是怎么拿下身体的‘城池’的呢？”

“抑郁军团的攻击是一个对身体和意志缓慢蚕食的过程，疾病本身会让身体出现如下变化，首先是像炮击一样的躯体折磨，如耳鸣、心烦、严重的坐卧不安，有些患者会出现心慌、胸闷、出汗，小便次数明显增多，但和泌尿系统感染不同，不伴有尿急、尿痛的刺激症状。而且这些症状很容易被误诊，就像刘洋之前的耳鸣一样。

“其次是快感阻断，抑郁军团会破坏专门调节血清素、多巴胺、阿片类神经肽、去甲肾上腺素等神经传导素的传导站，一旦成功，会引起脑部化学结构发生改变，这种大脑的器质性病变会切断欲望的通道，这会让人失去开心的精神调节机制，所有快乐、欲望都会消失。

“最后是围而不攻，这种看不到曙光的绝望会吞噬所有活力，让自我评价无限降低、自责、自罪，看不到希望，只会觉得未来一片灰暗，巨大的无价值感，足以吞噬一切。绝望和情感丧失，患者会变得麻木呆滞，剩下的只有行尸走肉一样的躯壳，这时候唯一能做的，就只有死亡。自杀是另一种防御，也是最快捷和最彻底的终极防御，只不过，它带来的是毁灭。”

“这么玄乎，那能治好吗？”

“放心，只要谨遵医嘱，配合治疗，绝对没问题。”

接下来的这段时间里，刘洋按时服药，在小雪的照顾下，情况开始有了好转，但是危险并没有解除。

9

“将军，对方请了援军，他们对我们的战略战术一清二楚，并且加固了城墙，修整了设施，还进行了还击，我们死伤过半。”

“那倒未必，最后鹿死谁手，还不一定呢。”

“那我们下一步怎么办？”

“通知大家稍作休整，几日过后会有一个绝佳的机会出现，到时候再猛攻，这一仗我要让他死无葬身之地。”

“是！”

10

这几天的治疗情况还不错，在和刘洋交谈一番后，我把小雪叫到一边。

“小雪，刘洋在这个城市没有亲人，多亏你照顾他，辛苦啦。”

“说什么呢？我跟他是一家人，这都是应该的。”

“之前还是女朋友，现在就是一家人啦？”

小雪的脸再次红到了耳后根，为了打破尴尬，我继续说道。

“最近几天你要多留神着点他，一定要寸步不离。”

“怎么啦郝医生？最危险的时间不是已经过了吗？他现在状态看起来好多了。”

“不是的，抑郁症最容易自杀的时间段并非病情最严重的时候，恢复期的病人比最严重的病人更容易自杀。”

“不是应该最严重的时候自杀念头最强烈吗？为什么呢？”

“这是因为抑郁症药物治疗的特点是先解除抑制，解除抑制等同于放开手脚，可自杀意念还在，所以实施自杀的概率更大，这个时候最容易被‘土匪’偷袭，能理解了吗？”

“哦哦，这么回事，你放心，我一定寸步不离地守着。”

11

“将军，他们似乎看穿了我们的计划，这几天防守很严密，城墙固若金汤，我们找不到破绽。这几天下来，我们损失惨重。”

“查清楚援军的军师是谁了吗？”抑郁将军问道。

“查清楚了，军师是郝文才，据说他绝顶聪明。”

12

“阿嚏！谁在说我？”正在吃饭的我突然打了个喷嚏。

13

“这个人我知道，我和他交过手。”抑郁将军欲言又止，陷入了沉思。

“将军，我们下一步怎么办？”

“集中兵力，每天早上5点至6点，都给我狠狠地攻击，我就不信打不下来。”抑郁将军看着桌子上的地图，用直尺比画着说道。

“明白！将军，我有一事不明。”

“说。”

“为什么是6点？”

“呵呵！因为那个时间，我们的胜算最大。”

14

周一早上，我来到刘洋的病房，正好小雪也在，刘洋见我进来了，便招呼道：“郝医生，你好。”他放下手里的水杯，想要下床给我拿张凳子。

“不用不用，我自己来。”我扶了扶凳子，坐下后和他聊道。

“怎么样？最近感觉好些了没？”

“好些了。”

“耳鸣好些了吗？”

“好多了。”

刘洋虽然话语不多，但精神状态还行，眼神也有了些许灵气，看来治疗效果还不错。前几天黄老太送了我一件香梨，我没吃完，再放就要坏了，就想着给几个病友一人分一点。

“小雪，我那里有一些水果，吃不完，你来拿一些给刘洋吧。”

“郝医生不用了，真不用。”刘洋拒绝道。

“再放就坏了，丢了多可惜，没事儿，拿去吃吧。”

于是，小雪和我来到了办公室，路上我对她说道。

“他恢复得可以，也很配合治疗，你忙的话就不用来了，有事我会给你打电话的。”

“没事的郝医生，我们老板给我宽限了上班时间，早晚各一小时，不会迟到的。”

“你们老板这么好？”

“没办法，公司离不了他，他之前的工作现在三个人在做，还没他一个人做得好，老板也是希望他早点康复。”

“哦哦，你还真心疼他。”

“他很努力，我和他同一天入职的，他平时话不多，很少与人交流，但是做事特别踏实，人也特别暖。工作上我有不懂的地方他都会手把手地教我，我笨，反应慢，他会一遍又一遍地教，直到我学会为止。我感冒了他会偷偷放感冒药在我桌子上，有时候我工作没做完，他会陪我一直加班，直到下班后送我回家。”

“你俩那会儿没处对象吗？”

“没，他不怎么表达，属于做得多，但不会说的人，什么话都放在心里。我想着吧总不可能我一个女孩子向他表白吧，我就看他能装多久。”

“在他最需要帮助的时候，你出现了，也算是出生入死的‘战友’了。”

“哈哈哈，看你说的。不说这些了，对了，郝医生，剩下的治疗有什么注意事项吗？”

“这段时间主要是留意他早上的情绪和行为变化，这些我给护士都交代了。”

“为什么是留意早上变化？而不是中午或者晚上呢？”

“这就要从抑郁症的‘晨重暮轻’说起了。”

“什么是晨重暮轻？”

“这么说吧，抑郁症患者一天的感受并非全是情绪低落，会随时间推移而变化，表现为晨重暮轻。就是一天里情绪的变化，早晨最煎熬，醒很早，状态极差；上午忍受煎熬，萎靡不振；午后状态略有变好；黄昏有所好转，疲乏感减轻；晚上状态最好，似阴霾散尽；睡前又起焦虑，难入眠，继续忍受失眠的煎熬。”

“所以早上那段时间抑郁大军最容易偷袭得手，是不？”

“是的，咱们知己知彼才能百战不殆，不能给他们偷袭的机会。”

15

“将军，偷袭好像行不通，他们早上防得死死的，根本没机会。”

抑郁将军手里夹着雪茄，却没抽一口。

“他们在抢时间，那我们就给他们时间。听我命令，任何人不许轻举妄动，所有人原地待命，三个月后择机而动。”

“等这么久？”

“想要打赢这场仗，就一定要沉得住气。”

抑郁将军抽了一口雪茄，望着不远处的城池，慢慢地吐出了一口烟。他征战沙场多年，打过不少硬仗，他知道自己没输，因为他在等三个月后的一个绝佳机会。

16

治疗抑郁症，朋友和亲人的支持与鼓励非常重要，给病人创造良好的休息环境，改善病人的睡眠情况，买些病人喜欢吃的食物，改善病人的食欲。当病人睡眠改善、食欲改善时，也就是抑郁症的病情缓解的信号。

经过这段时间的治疗和小雪的精心照顾，刘洋恢复得很不错，两人的感情也由同事变成了情侣，能在刘洋最需要帮助的时候挺身而出，也算是患难时候见真情吧。

我给刘洋开好药，交代了注意事项以及复查时间，还是觉得有点不放心，于是又再三嘱咐。

“治疗按照我说的来，切记，不要擅自停药，不要擅自停药，不要擅自停药。”

“重要的事情说三遍？”小雪打趣道。

“算是吧。”

“有病就吃药，这个我们知道啊，为什么要着重强调呢？”

“大家都知道这个道理，可还是有很多人擅自停药。”

“嗯？为什么呢？”

“因为急性期治疗通常用药3～6个月，周期长，很多人在症状消除后自我感觉良好，以为自己已经战胜了抑郁症，很容易停药，殊不知这种状态就是药物的作用产生的，擅自停药只会造成病情复发，治疗难度也会大很多。太多血的教训了，所以一定要谨遵医嘱，坚持治疗，不要给‘土匪’机会。”

17

“阿嚏！”

“将军，看来这个机会是等不到了。”

“不急，磨刀不误砍柴工。”

“可是将军，咱们都三个月没打赢过一场仗了，现在士气低落，情绪也很低落，而且持续了不止两周，会不会得了抑郁症啊？”

“你傻吗？咱们就是抑郁症。”

18

治疗了大半年，刘洋终于战胜了抑郁症，找回了曾经的自己。我也在一年后收到了结婚请帖，他们有情人终成眷属了。

19

抑郁将军则躲进了深山老林，伺机而动。因为他还有一张底牌，那就是“回忆”。抑郁症复发率高，原因有很多，除了擅自停药、精神刺激、生活方式等，还有一个被忽略的因素，就是“回忆”。发病时各种痛苦感受的记忆，不会随着用药和病情改善而消失，那种刻骨铭心的痛会清晰地留存在脑海里，并在某一时刻充当导火索，复燃病情。

学会与抑郁相处很重要，因为这也是治疗的一部分。

20

那天清晨，收了一位抑郁症重度患者，患者于早晨在家烧炭自杀，幸好被家人及时发现并送到医院。

我接到通知，立马起身准备前往。出电梯口时，一位身着铠甲的将军在拐角处看着我，他嘴角露出一丝微笑，对我说：

“这次，你输定了。”

“我不会输，也输不起，咱们走着瞧。”

说完，我转身往病房走去。

小军回来了

临走时，望了一眼窗户里的四哥，他依旧傻傻地看着木手枪，

时间仿佛在他手上静止一般，流逝的是他之外的一切。

1

春节将至，终于等到小长假可以回老家过年了。家乡是承载着太多儿时回忆的地方，出来读书工作之前，所有的记忆都留在那块淳朴的土地上，鸟语花香，湖光山色，一切都那么单纯而美好。

我开着车沿着这条无比熟悉又稍有陌生的道路往家的方向赶着，今年冬天格外冷，空中纷纷扬扬地飘洒着雪花，一片银装素裹。天色已经有些昏暗了，但这白雪皑皑的大地就像是天然的灯，照亮了心心念念的那座小村庄。

离家的距离越来越近，心里不由得有些兴奋。就要到村口的时候，隐隐约约看到路边有一个瘦高的身影，站在那一动不动，身上的雪花把他打扮得像个雕塑。我放慢车速，靠边把车停了下来，借着车灯望过去，他身板很直，头上戴着一顶摘了帽徽的军帽，绿色军大衣的衣领上积着厚厚的一层雪，这个身影好熟悉，我在脑海里努力地搜寻着，突然有一个名字从我脑海里划过。

“四哥！是你吗？四哥！”我下车走近一看，还真是他，但对于我的招呼他却没有回应。

“这冰天雪地的，你在这做啥呢？赶快上车暖和暖和！”他依旧不搭理我，只是傻傻地望着远方。

“四哥！是我啊，郝文才，你不记得我了？”

我加大嗓门，可他还是无动于衷，这天太冷，我拉着他往车上走，一踉跄撞到了树枝，团团簇簇的树枝夹着雪花扑到脸上，刮得生疼，我不由得打了一个寒战，没走几步他竟然甩开我的胳膊，自顾自地站在那里，嘴里重复地嘀咕着一句话：

“小军回来了！小军回来了！”

四哥一路念叨着“小军回来了”，到家后嘴里也没停着，四嫂正在屋子里焦急地打电话，看见四哥就冲过来，她眼睛里噙满了泪水，一边骂骂咧咧地问他去哪儿了一边拿毛巾拭去他头上的水珠。

四嫂倒了杯热水，递给我说道：“谢谢你文才兄弟，今天多亏遇到你了，不然还不知道他掉哪个冰窟窿里呢。”

我接过茶水，这水杯是部队里发的大瓷缸，上面还有部队的番号，真稀罕。

“四嫂客气了，我是在村口遇到四哥的，他说小军回来了，应该是在等小军。”

四嫂拽着四哥坐下来，帮四哥脱下打湿了的军大衣，细心地帮他擦着脸上、头上残余的雪水，嘴里还嘟囔着：“糟老头，还等什么，多少年前的事儿了，还放不下。”

我喝着热水，没敢接话。

2

四哥本名杨胜利，大我3岁，我们两家是多年的邻居，他在家排行老四，小时候挺仗义的，小伙伴都叫他四哥，那会儿替我扛了不少揍，我俩一直跟亲兄弟一样。

那几年粮食收成不好，只是为了吃饱饭，他就报名参军入伍了。四哥为人很踏实，骨子里有着一股倔劲儿，在部队里敢打敢冲，很快就在同年兵中脱颖而出，当了副班长、班长，转为志愿兵。他所在的部队任务重，基本没时间回家，结婚只在家待了一周，嫂子就怀上了，按照他的话说，首发命中。从那以后，他就很少回家。四哥的大儿子叫小军，小军三岁的时候才第一次见到爸爸，孩子六岁那年他又回了一趟家，不同的是，这次回家就再也没见到孩子了。

听乡亲们说，那年小军知道爸爸要回来了，就去村口接他，结果就再也没回去过。据说是被人贩子拐跑了，四哥找遍了附近的镇子，还跑到县里去找了，都没找见孩子。四哥的上辈是地主，跟老一辈结了不少仇，村子人嘴碎，说那是四哥祖上作恶太多，孩子被抓去还债了。

这件事后他媳妇大病了一场，为了照顾家人，四哥就办了退伍，回家了。几年后，两口子又生了一个女儿，闺女挺争气的，大学毕业后在县里的银行上班，一家人日子过得挺滋润。

他离开部队回家后我们就很少见面，最近一次见面是9年前了，今天再次重逢，也是悲喜交加，喜的是这么多年了，终于能再次见到他，悲的是，从四哥从头到尾的表现来看，我大致确定他患的是阿尔茨海默症，旧称老年痴呆症。

阿尔茨海默症是一种起病隐匿的进行性发展的神经系统退行性疾病，临床上以记忆障碍、失语、失用、失认、视空间技能损害、执行功能障碍以及人格和行为改变等全面性痴呆表现为特征，65岁以前发病者，称早老性痴呆，65岁以后发病者称老年性痴呆，病因迄今未明，且没有特效药。

3

第二天，吃过早饭我到镇上买了些年货，十点左右到四哥家。一进门就见四哥做在堂屋晒太阳，我招呼道：“四哥四嫂，来给你们拜个早年。”

四嫂见了说道：“你看你，乡里乡亲的，来就来，还买这些干啥，昨天都够麻烦你了。”

“哪儿的话，我跟四哥打小一起长大，小时候四哥可是一直护着我，让我少挨了多少揍呢。”我打趣道，再转眼看到眼神呆滞的四哥，心里不免有一些失落。

四嫂用昨天的茶缸倒了一杯热水给我，俯身整理着年货，我：“四嫂，四哥这是阿尔茨海默症吧，多久的事了？”

“什么阿尔磨？”四嫂一脸疑惑道。

“哦哦，就是老年痴呆症。”

四嫂叹了口气，边整理边说道：“哎，好几年了，这病真糟践人，看把他折磨的，跟丢了魂一样。”

“什么时候开始发病的？”可能是出于职业习惯，遇到患者我总想谈论一番病情。

四嫂端着个凳子，坐下后，打开了话匣子：“大概五年前吧，那个夏天，他老是丢三落四的，记性不好，让他去村头买酱油，走到小卖部后愣是想不起该买啥。他侄儿结婚，说好了当天他去帮厨，结果活生生给忘了，人家新娘都迎进门了他还在地里锄地。他原本是个好厨子，那时候开始就经常咸淡把握不了，要不然就是没味，不然就齁得没法吃。我最开始还埋怨他说盐味儿都掌握不了。他还笑着说明明记得是放了盐的。有时候他一天三顿都煮面条，一问他上顿吃的啥，他说不知道，之后也懒得让他再做饭了。”

“那会儿他的睡眠应该很差吧。”我试探性地问着。

“可不咋地，半夜经常惊醒，白天迷迷糊糊，有时候到了大半夜，自己起来说要喝水，走到厨房又傻站着不知道干吗。那会儿见他脑袋不好使，还以为是睡眠不好。我还去采了一些安眠的药草给他泡茶喝，也没见着有啥效果。”

“他除了睡眠不好，是不是还有焦躁不安，说话重复，感情脆弱的现象？”

四嫂皱着眉头，回想了一会儿，说道：“对对对，特别容易发火，一点小事就对我大吼大叫，稍有不顺他意的事就跟我急眼，你要多说几句吧，他立马翻脸，生气的时候还摔东西。做个事也磨磨唧唧的，整个人疑神疑鬼的，不知道在顾虑什么，他以前部队出来的，说话做事都雷厉风行，那段时间遇事经常拿不定主意，我多说几句吧，他又听不进去。”

四嫂说的这些都是阿尔茨海默症的早期症状，也就是第一阶段：轻度痴呆期，通常是在1～3年，其中记忆障碍表现尤为突出，无论是短时记忆还是远事记忆，都会受影响。有的病人表现为情感障碍，早期有情绪不稳定，抑郁愁闷，焦躁不安。也有一些病人有认知障碍，早期会呈现注意力不集中、判断能力下降、言语词汇少等症状。除此之外还有患者性功能低下以及行为障碍，比如性生活明显不如从前，和一反常态变的过分节俭，到处收集废品等。

“你刚刚说的这些都是早期的典型症状，阿尔茨海默症起病比较隐匿，发病初期症状较轻，确实容易被人忽略，也更容易与老年记忆力衰退搞混。一般在患病头3年里，也就是轻度痴呆期，只是工作或者家务劳动做不好，因为海马体的萎缩，近期记忆会衰退，相反以前的一些记忆，他觉得重要的就会记得更清，经常提起，这个时候就应该赶紧送去医院。”

这时四哥站了起来，不知道嘴里嘀咕着什么，迈着小步子要往门外走。四嫂边拉着他边说：“又往哪跑？快给我回来。”然后把四哥安顿到床上，自己坐在床边，接着我之前的话，说道：“我们农村人，哪懂这个，这样过了一年，后来就越来越严重了，经常找不到回家的路，在村里来回转悠，也不知道问路人，因为他叫不出乡亲的名字，大街上别人给他打招呼也不知道回。别说让他去买瓶酱油，就是让他把院子的门关上，他都做不了。一出门就基本上回不来，我在村里家家户户都留了电话，乡亲们看到他在外面瞎转悠，就给我打电话。平日里还老发火，以前还能解释几句，后来直接摔凳子摔桌子，像个小孩儿一样，得顺着他哄着他，不然翻脸跟翻书一样。”四嫂说完这句，眼睛里泛着泪花，她用衣襟拭去了眼泪，接着摇头叹了口气。

四嫂说的是第二阶段，为中度痴呆期，通常是在2～10年，表现为远近记忆严重受损，短时记忆基本空白，远事记忆也会变得极度模糊；视空间能力下降，时间、地点定向障碍；不能独立进行室外活动，在穿衣、个人卫生以及保持个人仪表方面需要帮助；出现各种神经症状，可见失语、失用和失认；情感由淡漠变为急躁不安，部分患者可见大小便失禁，容易产生攻击行为。这个时期也是对患者家属生活质量影响较大的一个时期，不仅要给患者擦屎端尿，还要忍受他的无理取闹。

四嫂清了清嗓子，整理一下耳畔的头发，说：“那会儿我才意识到这是病，带他去看大夫。”

“去哪儿看的？医生怎么说的？”

“一开始看的是隔壁村的老中医，他开了方子，抓了药，吃了两个月，也不见好转。后来去县医院看，那会儿才知道是这个病。医生开了药，吃了半年，有点效果，没有继续恶化，不过也没大的好转，现在一个月带他去检查一次，就这样养着，也不知道什么时候才能好起来。”

阿尔茨海默症目前还没有办法彻底治愈，更别说那会儿的医疗手段了，只是吃药能延长患者的有效生活时间，把状态延后可能三四年，也可能近十年，这期间对患者日常生活的照顾是关键。

4

“这些年照顾四哥，你也不容易。”

“还能咋地，我不照顾他谁照顾他？虽说这老头子有时候冲我发脾气，可毕竟是两口子。年轻那会儿，他在部队里干得顺风顺水，小伙子长得也俊，村里好多姑娘都喜欢，比我条件好的多了去了，家里提亲的都踏破了门槛，可他偏偏瞧上了我，把那些姑娘给眼红的。”说这句的时候，四嫂眼神里划过一丝得意。

“现在每次看到他傻傻地站在那儿，我这心真不是个滋味。你说他傻吧，也有清醒的时候，有时候会说点好听的，也会心疼人，只是犯迷糊的时间越来越多，越来越严重。到现在，基本就是个废人了，什么也记不住，筷子不会用，不把勺子放在他嘴边，他都不知道张嘴。上厕所也不会，来了就拉一裤子，除了傻坐着，唯一念叨的就是孩子，总说要回来了，要去村头接孩子回家，多少年了，就这个放不下，都是这病给害的。”

四哥这时候从枕头底下拿出一把木雕手枪，边把弄边念叨着：“小军，小军回来了，小军的手枪……”

“这是那年他给孩子做的玩具，一直没丢，就这么压在枕头底下。”

一直聊着四哥的病情，气氛有点压抑，我便想转移话题，问道：“姑娘还好吧？”

四嫂的脸上露出一丝笑意，说："挺好的，在银行工作，就是忙，回来的时间不多，每次都大包小包地买东西回来，他爹已经认不出她了，以前提醒一下还能想起，现在是完全记不起来了。"

说完这句，四嫂转身看着四哥，拉着他的手，四哥的眼睛却死死地盯着木手枪。

沉默片刻后，四嫂似乎想起了什么，问我道："文才兄弟，你是大夫，他这病还能治吗？"

我觉得也没什么好隐瞒的，客观的描述对患者对家属都好，也就直言不讳道："四哥目前应该是中后期，这个病的病程是不可逆的，就目前的医疗水平，尚无法完全治愈，但只要精心护理，可以较大程度地延长患者的生命，并且在一定程度上可以改善患者的病症。"

"你说他现在是中后期，那后期会是啥样？我应该怎么做？"

"就是第三阶段，重度痴呆期，通常为8～12年，表现为严重记忆力丧失，仅存片段的记忆；日常生活不能自理，大小便失禁，呈现缄默、肢体僵直，查体可见锥体束征阳性，有强握和吸吮等原始反射，护理很重要的，生活方面注意几点：1. 注意膳食平衡和心理健康；2. 改善家庭环境，家庭设施应便于老人生活；3. 加强功能训练，躯体的功能都是用则进，不用则退；4. 照顾日常起居，也就是四哥的吃喝拉撒，就是得辛苦你了。"

话没说完，四嫂突然起身，掀开四哥的被子，说道："哎呀，又拉了。"

我立马找来热水和毛巾，四嫂接过后推搡着我说道："你回去吧，我来弄，快回去吧。"

"没事儿，我帮你。"

四嫂也没工夫多说，便和我一起给四哥擦洗，再换上裤子，安顿好四哥后，四嫂抱着换洗的衣服，也顺道送我到院门口，我留了电话，让她以后有什么需要帮忙的尽管招呼。四嫂叹了口气后对我说道："这么多年都过来了，不管以后怎么样，我都会照顾好他，两口子在一起，死活都是一辈子，我呀，看得透。"

我没说什么，点了点头转身准备走了。

临走时，望了一眼窗户里的四哥，他依旧傻傻地看着木手枪，时间仿佛在他手上静止一般，流逝的是他之外的一切。

回家的路上想起一句老话，对老人们好一点，因为有一天，我们都会老去。

我还记得你离家的那天，心怀怨恨，满口狂言，只有自我，

你自幼失慈，所以冷峻怨恨偏激，自也无可厚非。

你不愿假装爱我，敬我，这些我也原谅你了，

但你不与我联络，通电话，拒绝再进入我的生命，

等于我失去一个儿子。

愿你并不负我的期望，

我愿你万事如意。

——《雨人》

12
个
我

图书在版编目（CIP）数据

12个我 / 安定医院郝医生著 .— 成都：四川文艺出版社，2019.3
ISBN 978-7-5411-5335-8

Ⅰ .①1… Ⅱ .①安… Ⅲ .①故事—作品集—中国—当代 Ⅳ .① I247.8

中国版本图书馆 CIP 数据核字（2019）第 034327 号

12 GE WO

12个我

安定医院郝医生 著

策划出品 磨铁图书
责任编辑 王梓画 余 岚
责任校对 汪 平

出版发行 四川文艺出版社（成都市槐树街2号）
网 址 www.scwys.com
电 话 028-86259287（发行部） 028-86259303（编辑部）
传 真 028-86259306

邮购地址 成都市槐树街2号四川文艺出版社邮购部 610031
印 刷 天津旭丰源印刷有限公司
成品尺寸 146mm×210mm 开 本 32开
印 张 9 字 数 220千字
版 次 2019年3月第一版 印 次 2019年3月第一次印刷
书 号 ISBN 978-7-5411-5335-8
定 价 45.00元